Faultier

AF205938

Das Faultier in mir muss Heimat finden

Thorsten Peter

Impressum

Thorsten Peter

1. Auflage

© Thorsten Peter, 2022

Illustration Cover: Jana Rieck

Herstellung und Verlag: BoD –
Books on Demand, Norderstedt

ISBN: 9783750486850

Könnte der Mensch einen Zustand finden, in dem er müßiginge und doch dabei das Gefühl hätte, ein nützliches Mitglied der menschlichen Gesellschaft zu sein und seine Schuldigkeit zu tun, dann hätte er damit ein Stück der ursprünglichen Glückseligkeit wiedergefunden.

Leo Tolstoi (1828 - 1910), Lew Nikolajewitsch Graf Tolstoi, russischer Erzähler und Romanautor

Prolog

Es war mir unterbewusst schon eine ganze Weile klar, dass ich gegen meine Natur handelte. Und das pausenlos, ohne Unterbrechung. Doch das erschien mir grundsätzlich normal, denn das machten ja alle so. Zumindest die meisten, ich kenne schließlich nicht alle.

Jeden Tag diese Hektik, immer muss jede Minute ausgefüllt sein, damit nur keine Zeit verloren geht. Je mehr ich erlebe, desto mehr habe ich zu erzählen. Kann ich als Erinnerung mitnehmen und vielleicht, wenn ich irgendwann die Gelegenheit dazu habe, jemandem erzählen. Doch die Tage, Wochen und Monate fliegen nur so an mir vorbei. Sobald ich Leerlauf habe, gehe ich nervös auf und ab und überlege angestrengt, was ich schon ewig vor mir herschiebe und jetzt sofort erledigen könnte. Alleine schon das Auswählen der selbstgestellten Aufgabe, die für den Moment am besten geeignet scheint, um die unproduktive Lücke zu schließen, ist furchtbar anstrengend. Ich kann es nur schwer ertragen, nicht produktiv zu sein. Das Nichtstun wollte ich frühestens in Angriff nehmen, wenn alles andere erledigt ist. Aber ihr merkt es schon, nicht wahr? Das wird definitiv niemals der Fall sein. Aus dem Hamsterrad ist nur sehr schwer zu entkommen. Vor allem, so lange der Drang, jegliches Tun und Handeln in einem möglichst effizienten Ablauf zu koordinieren, größer ist, als das Bedürfnis, einfach mal auszuruhen. Selbst wenn Körper und Geist danach schreien, können wir die Hilferufe locker ignorieren. Wir schaffen das schon, reden wir uns ein. Aber müssen wir das auch?

Keine Angst, ich will hier niemanden davon überzeugen, ein autonomes Leben als Selbstversorger auf einem Bio-Bauernhof zu führen, um sich wieder auf das Wesentliche zu konzentrieren. Das wäre mir dann wahrscheinlich auch viel zu wesentlich, obwohl es für manche sicher die Erfüllung darstellt. Und vor allem würde ich verhungern, weil ich kein Obst mag, unfähig bin, Gemüse anzubauen und niemals ein Tier essen könnte, das mir täglich Gesellschaft leistet und dessen Namen ich vielleicht auch noch kenne.

Ich denke, es sind viel mehr die kleinen Dinge, auf die ich achten sollte. Und da sind wir auch schon beim Thema. Achtsamkeit ist ja gerade ziemlich in Mode. Wobei ich lange nicht begriffen habe, ob das nur ein anderer Ausdruck für gesellschaftlich akzeptiertes Nichtstun oder tatsächlich ein vernünftiger und erfolgversprechender Ansatz ist. Wie auch immer. Es ist mir eigentlich auch egal, wie man es nennt. Manchen hilft es, manchen nicht. Und manche reden sich ein, es würde helfen, realisieren dabei aber nicht, dass sie nur versuchen, ein vorgefertigtes und für gut befundenes Muster eines anderen nachzuleben, welches sie am Ende in noch mehr Stress versetzt. Diese Menschen wissen irgendwann gar nicht mehr, warum sie gestresst und unzufrieden sind. Daher sollten wir uns unbedingt genug Zeit nehmen, um herauszufinden, was für jeden Einzelnen passend sein kann.

Daher möchte ich gleich zu Beginn eines klarstellen. Ich habe mittlerweile einiges darüber gelesen und beschäftige mich immer wieder damit. Ich bin jedoch definitiv kein Experte zum Thema Achtsamkeit oder habe sonst irgendeine nachweisbare Qualifikation in diesem Bereich. Das war nie mein Anspruch.

Aber: Ich habe beim Überfliegen der Tageszeitung eine Überschrift entdeckt, die in ihrer absolut treffenden Einfachheit buchstäblich mein Innerstes aufgeweckt hat. Viel deutlicher war das grundlegende Problem unserer Gesellschaft nicht in Worte zu packen. So einfach und doch fast unmöglich in die Tat umzusetzen. Oder vielmehr NICHT in die Tat umzusetzen.

Wir müssen wieder lernen, den Müßiggang zu gehen.

Das Faultier in mir hat spontan einen in Zeitlupe ablaufenden Gefühlsausbruch erlebt und sich das erste Mal in meinem Leben zu Wort gemeldet. Natürlich nicht im selben Moment, das hat etwas gedauert. Doch dazu später mehr. Das wird eine längere und sehr außergewöhnliche Geschichte.

Jedenfalls war das der Auslöser, der mich nach einer sehr turbulenten Phase des Erkennens zu einer unerschütterlichen Einsicht brachte. Ich musste dem Faultier in mir wieder eine Heimat geben. Ich hatte bis dahin überhaupt keine Ahnung, dass es existierte. Wie auch? Ihr denkt jetzt wahrscheinlich, ihr habt es hier mit der Geschichte eines Spinners zu tun. Doch als ich das realisiert und nach anfänglicher Ablehnung auch angenommen hatte, war unmissverständlich klar, dass etwas geschehen musste. Ich hatte nur nicht die geringste Ahnung, was das sein könnte.

Und noch weniger wusste ich, dass mein inneres Faultier auch Bedürfnisse hat. Ich bin mir zwar nicht ganz sicher, aber ich glaube, das war ihm bis zu diesem Schlüsselerlebnis selbst noch nicht klar. Denkt von mir was ihr wollt, aber ich bin überzeugt davon, dass sich sehr viele hier wiederfinden werden. Vielleicht noch nicht an dieser Textstelle. Im weiteren Verlauf der Geschichte allerdings ganz bestimmt.

Und ich weiß, auch das Kind in dir und mir muss Heimat finden. Das war dem gemeinen Volk, und da schließe ich mich selbstverständlich mit ein, bis vor ein paar Jahren auch noch nicht klar. Da spricht auch überhaupt nichts dagegen. Und der Ansatz ist definitiv ein ausgesprochen guter, soweit ich das als Laie beurteilen kann. Ich sehe mich jedoch in der glücklichen Lage, mit meinem inneren Kind völlig im Reinen zu sein. Wir verstehen uns echt gut und ich dachte, dass es doch super wäre, wenn mein inneres Kind noch ein Haustier in Form meines inneren Faultiers bekommen könnte.

Ich bin wirklich sehr dankbar, eine glückliche Kindheit erlebt zu haben. Als überzeugtes Dorfkind habe ich ganz bestimmt nichts ausgelassen, konnte mich frei entfalten und ich hatte auch noch das unglaubliche Glück, nahezu uneingeschränktes Verständnis und Unterstützung in der Jugend erfahren zu haben. Ich dachte, wir drei (das Faultier, das innere Kind und ich) werden uns sicher gut zusammenraufen. Wobei ich das innere Faultier ja erst noch kennenlernen musste. Und das war äußerst unzufrieden mit mir.

Ich sah es, nach ersten Schwierigkeiten bei der Kontaktaufnahme, als Herausforderung an, mein inneres Faultier zufriedenzustellen. Doch bevor ich es meinem inneren Kind als Haustier übergeben konnte, musste ich noch einiges erledigen. Und das Faultier hatte ebenfalls einiges zu tun. Ich denke, das war eine ganz schön harte Nuss für uns beide.

Und jetzt noch ganz kurz zu mir. Ich bin Christian, Ende vierzig, geschieden, zum zweiten Mal verheiratet und habe zwei Kinder aus zwei Ehen.

Der Vorname Christian steht übrigens in der Rangfolge der beliebtesten Namen der 1970er Jahre ganz oben auf der Liste. (Unnützes Wissen Teil 1 in dieser Geschichte)

Der absolute Durchschnittstyp eben.

Wie oben schon erwähnt, hatte ich eine sensationelle Kindheit und eine Jugend, die ich in meinem fortgeschrittenen Alter wohl kaum noch einmal überleben würde. Ich hatte zwischendurch etwas mit dem Gewicht zu kämpfen. Doch das war zu einer Zeit, in der mir das glücklicherweise völlig egal war. Leider musste ich feststellen, dass mir mit fortschreitendem Alter immer weniger egal war. Oft sind es sogar unwichtige Kleinigkeiten, die mir aufs Gemüt schlagen. Das ist mit Sicherheit ein nicht unwesentlicher Faktor, der dazu beiträgt, mich unter Druck zu setzen.

Ich schweife ab. Zuerst das Faultier.

Ein kleiner Erfahrungsbericht. Die Zeitspanne, in der die folgenden Ereignisse und Entwicklungen tatsächlich stattfanden, wurde stark verkürzt.

Kapitel 1

Das Faultier ist das langsamste Säugetier der Welt.

Wir müssen wieder lernen, den Müßiggang zu gehen.
Als ich diesen Satz als Überschrift zu einem Artikel meiner Tageszeitung las, stand ich gerade mit schläfrigen Augen an der Küchenzeile und versuchte, durch wiederholtes Blinzeln den Text etwas schärfer zu stellen. Da mir das eher schlecht als recht gelang, griff ich dann doch zur Lesebrille, leicht frustriert über die unaufhaltsam nachlassenden Fähigkeiten meines Körpers. Die Lesebrille hat mir übrigens meine Frau Esmee bestellt. In dreifacher Ausführung. Man sollte ja überall eine liegen haben, für alle Fälle. Sie (meine Frau, nicht die Lesebrille) ist genauso alt wie ich, trägt die Sehhilfe mittlerweile den ganzen Tag mit sich herum und macht ständig eine kaputt. Was natürlich niemals an ihr, sondern immer an der furchtbar schlechten Qualität der Brille liegt. Gestern hat sie dann versucht, sich die zweite Brille zu der ersten ins Haar zu schieben.

Den etwas ausgefalleneren Vornamen hat meine Frau nicht, weil sie tatsächlich Holländerin ist, wo der Name sehr beliebt ist. Sie kommt aus dem Nachbardorf und hat ihn wohl einer zufälligen Begegnung ihrer Eltern mit einer originalen Esmee aus Holland zu verdanken. Aber es ist ja auch nicht jede Chantal eine Französin.

Zurück zum Müßiggang. Nachdem ich die Brille auf der Nase hatte und mich einmal mehr wunderte, dass die Schrift der Zeitung tatsächlich schwarz und nicht grau war, las ich den Satz erneut.

Wir müssen wieder lernen, den Müßiggang zu gehen.

Irgendetwas in mir veranlasste mich dazu, inne zu halten. Also nicht nur ganz kurz, so wie man das vielleicht macht, wenn man eine gute Nachricht auf sich wirken lässt. Nein, das war schon etwas länger. Auffällig länger. Und das war ungewohnt. Ich hatte doch eigentlich überhaupt keine Zeit, über den Inhalt oder geschweige denn die Sinnhaftigkeit eines philosophisch anmutenden Zeitungsartikels nachzudenken. Ich hatte Termine, den ganzen Tag. Ich hätte eigentlich schon im Bad stehen, den Rasierschaum im Gesicht haben und einwirken lassen sollen, während ich versuchen würde, die verdammten Haare vom Ohr zu rasieren. Und das alles natürlich ohne Lesebrille. Wobei ich auch hier nicht mehr wirklich sah, wo diese unnötigen Haare eigentlich waren. Die sah ich immer nur dann ganz deutlich, wenn ich beispielsweise mit Lesebrille zum Händewaschen ins Gäste-WC ging. Doch da lag ja kein Rasierer. Im Büro hatte ich jedenfalls einen Sitzungsmarathon vor mir, dessen Themen mir schon vor der morgendlichen Routine mit der Tageszeitung durch den Kopf gegangen sind.

Zusätzlich wollte ich heute noch rechtzeitig zu Hause sein, um mich mit Hilfe eines 10-Kilometer-Laufes, ein paar Kalorien zu entledigen. Die Grillorgie am Wochenende hatte definitiv nicht zur Verbesserung meiner Figur beigetragen. Apropos Grillorgie, beim Getränkehändler sollte ich auch noch vorbei und das ritualmäßige Ausruhen auf der Couch vor dem Schlafengehen wollte ich auch nicht ausfallen lassen.

Und da kam plötzlich dieser Satz. Unpassender hätte der Zeitpunkt nicht sein können. Wobei, der Satz war ja eigentlich gar nicht das Problem. Vielmehr war ich das Problem. Ich ließ mich aus unerfindlichen Gründen davon abhalten, meinen Tagesplan zu verfolgen. Ich hatte ein ziemlich komisches Gefühl in mir. Ich konnte es nicht richtig einordnen. Es war in etwa so, als würde man mit dem Auto über eine Kuppe fahren. Nur weniger intensiv. Und es war auch nicht gleich wieder vorbei. Gleichzeitig konnte ich mich nicht von diesem Satz lösen. Mich interessierte nicht einmal, was der Artikel sonst noch zu bieten hatte. Es war tatsächlich nur dieser eine Satz. Vorsichtshalber überflog ich den Artikel dann doch, auf der Suche nach einer Erklärung für meinen Zustand. Was mich natürlich noch weiter in zeitliche Bedrängnis brachte. Das verblüffende an diesem Artikel war, dass er ziemlich genau das Dilemma beschrieb, in dem ich mich zu diesem Zeitpunkt befand. Nur wurde mir das in diesem Moment noch nicht bewusst. Grundsätzlich ging es um das Phänomen, dass heutzutage viele Menschen nur schwer damit umgehen können, wenn sie unerwartet Zeit haben. Zumindest war das der Aspekt, der sich nachhaltig in meinem Gedächtnis eingenistet hatte. Wir können es nur schwer ertragen, nichts zu tun und die zusätzliche Zeit anzunehmen. Wir wollen immer etwas erledigen, um es auf unserer Liste abzuhaken. Doch egal, wie viele Haken wir setzen, die Liste wird niemals abgearbeitet sein.

Zu einem späteren Zeitpunkt wurde mir klar, dass ich in diesem Moment ein Aha-Erlebnis hatte. Was ich aber aufgrund der ungewöhnlichen Symptomatik nicht erkennen konnte.

Bei einem Aha-Erlebnis wird in einer tiefliegenden Hirnstruktur Dopamin freigesetzt, was normalerweise in überschwänglicher Freude mündet. (Unnützes oder wahlweise auch Klugscheißer-Wissen Teil 2)

Ich empfand allerdings eher eine Art Lethargie, da ich mich nicht lösen konnte. Es sollte auch noch eine ganze Weile an diesem Tag dauern, bis ich eine Erklärung für dieses Phänomen finden würde. Dieser stand ich zwar zuerst äußerst ablehnend gegenüber, konnte mich allerdings nach einer Übergangsphase ganz gut damit anfreunden. Doch auch dazu später mehr.

„Willst du nicht langsam mal ins Bad gehen?", hörte ich die Stimme meiner Frau im Hintergrund fragen. Was mich sofort verunsicherte, denn normalerweise verabschiedete ich mich von ihr, wenn sie gerade am Aufstehen war. Das hatte den eindeutigen Vorteil, dass ich das Bad morgens für mich alleine hatte. Zu zweit, oder gar zu dritt, wenn unser Sohn auch noch früher wach wurde, grenzte das gemeinsame Baderlebnis regelmäßig an eine Herausforderung für unser aller Nervenkostüm. Gegenseitiges Verständnis und Rücksichtnahme sind wohl zu unterschiedlichen Zeiten des Tages unterschiedlich stark ausgeprägt.

Ich schaute auf die Uhr und war sage und schreibe über eine halbe Stunde völlig unnütz in der Küche herumgestanden. Ich hatte den Kalender voll mit Terminen und war mittlerweile viel zu spät dran. Ich konnte mich nicht erinnern, wann mir das zuletzt passiert war.

„Verdammte Scheiße", hörte ich mich fluchen, schaltete aus dem Lethargie-Modus direkt in den Hektik-Modus, raste an meiner Frau vorbei aus der Küche hinaus und blieb mit dem kleinen Zeh am Türrahmen hängen. Der Klassiker.

„Verdammte Scheiße", wiederholte ich die ersten zwei Worte des Tages und humpelte mit schmerzverzerrtem Gesicht die Treppe hoch. Im Augenwinkel sah ich noch, wie mir Esmee einen fragenden Blick hinterherwarf, allerdings hatte ich keine Zeit mehr, die merkwürdige Situation aufzuklären. Das Adrenalin tat seine Arbeit und ich vergaß vorerst, was ich gelesen hatte.

Mein Zeh schmerzte immer noch, als ich etwas schneller als sonst in der Firma den Gang entlang humpelte und gerade noch rechtzeitig zum ersten Termin eintraf. Ich bin mittlerweile Anhänger der These, dass Gott uns den fünften Zeh nur aus diesem Grund geschenkt hat. Wahrscheinlich dachte er, es könnte lustig werden. Der Stress hatte mich wieder. Ich hetzte von Termin zu Termin, der Tag flog an mir vorbei und ich war echt froh, als ich am Abend im Auto saß und nach Hause fuhr.

Und da war es plötzlich wieder. Dieses komische Gefühl, dass ich schon am Morgen hatte, während ich diesen verheißungsvollen Satz in der Zeitung las.

Wir müssen wieder lernen, den Müßiggang zu gehen.

Ich wurde ein wenig nervös, da ich dieses Gefühl überhaupt nicht einordnen konnte. Aber nicht so nervös, wie man wird, wenn man aufgeregt ist, weil gleich etwas Tolles passiert. Oder weil man Angst vor etwas hat. Es war anders.

Und dann kam plötzlich dieser Moment, der mich an meiner Zurechnungsfähigkeit zweifeln ließ. Ihr erinnert euch? Hatte ich vorhin schon angedeutet.

„Und warum machst du es nicht?"

Wie vom Blitz getroffen drehte ich mich nach hinten, um zu schauen, ob da ein blinder Passagier auf dem Rücksitz saß, der meine Gedanken lesen konnte. Da war natürlich niemand. Doch vor mir war jemand. Und der ist genau in diesem Moment in die Eisen gestiegen.

Ich war wie gelähmt. Schon wieder. Mein Notbremsassistent zum Glück nicht. Das Ding funktionierte tatsächlich. Hätte ich nicht gedacht. Das Auto bremste plötzlich sehr heftig ab. Und das von ganz alleine. Ich hing im Gurt und wusste im ersten Moment nicht, wie mir geschah. Mein Herz schlug mir bis zum Hals, der Puls raste und ich fuhr erstmal an die Seite, um durchzuatmen. Tief ein- und ausatmen, sagte ich mir immer wieder. So lange, bis ich das Gefühl hatte, mich wieder halbwegs konzentrieren zu können. Zum Glück war außer einem großen Schrecken nichts weiter passiert. Das hätte ganz schön dumm ausgehen können. Ein Unfall hätte mir gerade noch gefehlt.

„Willst du mir vielleicht freundlicherweise eine Antwort geben?"

Ich schaute mich erneut um. Es war immer noch niemand in meinem Auto. Es hörte sich auch nicht nach einer normalen Stimme an. Aber es hörte sich eben nach irgendetwas an. Und das verstörte mich in diesem Augenblick zutiefst. War ich am Durchdrehen? Ich hatte doch alles im Griff. Oder etwa nicht? Es war völlig surreal.

Aus irgendeinem Grund fiel mir der Film Matrix ein. Steckte ich vielleicht in der Matrix fest? Und das, was ich hörte, war ein Fehler im Programm? Dann wäre ich wenigstens nicht verrückt. Oder vielleicht gerade deshalb? Das waren jedenfalls keine hilfreichen Gedanken und gerade, als ich beschloss, einfach alles zu ignorieren, kam die Stimme erneut zurück. Zumindest kam das zurück, wovon ich dachte, es sei eine reale Stimme. Ich war kurz davor, in dieses panische Lachen zu verfallen, bevor man einen Nervenzusammenbruch bekommt. Zumindest stellte ich mir das so vor. Schließlich sah man das ständig in irgendwelchen Filmen.

„Beruhige dich. Ich bin`s nur, dein inneres Faultier."

Mein inneres Faultier? Hatte das die Stimme, die ich hörte, tatsächlich gesagt? Mein inneres Faultier? Ich war wohl tatsächlich komplett übergeschnappt. Die innere Stimme war ja ein Begriff, den ich schon mal gehört hatte. Und natürlich hatte ich auch schon Eingebungen, die ich der inneren Stimme zugeschrieben habe. Aber ein inneres Faultier? Und dann auch noch in einer sich klar artikulierenden Form in meinem Kopf? Es musste in meinem Kopf sein, im Auto saß ja niemand. Das überstieg definitiv massiv meine Vorstellungskraft.

Dabei fiel mir unnötigerweise ein, dass ich irgendwann einen interessanten Artikel über die innere Stimme gelesen hatte. Die grundlegende Hypothese war, dass die innere Stimme einem den Weg in ein glückliches, stressfreies und zufriedenes Leben weisen kann, wenn man ihr nur zuhört. Ich konnte dem bisher nur bedingt zustimmen. Natürlich hatte ich Eingebungen und Vorschläge meiner inneren Stimme gehört, die für sich al-

leine betrachtet sicher eine Menge Spaß und Zufriedenheit gebracht hätten. Aber es wäre trotzdem nicht klug
gewesen, als durchschnittlich begabter Gitarrist die
Karriere als Rockstar zu verfolgen. Anstelle von Reich-
tum und freizügigen Damen, wäre da wohl eher Hartz
4 und Leberzirrhose rausgekommen. Und da gab es
noch mehr gut gemeinte Ratschläge meiner inneren
Stimme, glaubt mir. Von daher hatten wir eher ein ge-
spaltenes Verhältnis. Was letztendlich wohl dazu
führte, dass ich die Signale bisher weitestgehend unter-
drückte. Ich hielt mich bis zu diesem Zeitpunkt für einen strukturierten und nüchternen Menschen, der sehr
gut von seinem gesunden Menschenverstand partizi-
pieren konnte.

Und jetzt saß ich im Auto und war kurz davor, meinem
inneren Faultier zu antworten. Plötzlich hörte ich mich
selbst, wie ich ein wahnsinniges Kichern ausstieß und
mir eine Schweißperle von der Stirn tropfte. War es
nun soweit?

„Verdammte Scheiße."

„Du wiederholst dich", antwortete die Stimme und das
Kichern ging in einen hysterischen Lachanfall über. Genau das hatte ich zu verhindern versucht. Mist, es war
wohl tatsächlich soweit. Ich war dabei, den Verstand zu
verlieren. Kurz überlegte ich, ob ich mir nicht umge-
hend Hilfe suchen sollte, wurde aber durch ein Klopfen
an der Scheibe unterbrochen.

„Alles in Ordnung bei Ihnen?" fragte mich ein älterer Herr, nachdem ich das Fenster ein Stück geöffnet hatte und versuchte, mich zu beruhigen. Es muss ein sehr merkwürdiger Anblick gewesen sein.

„Nein, eigentlich nicht", antwortete ich, gab den Versuch, mich zu beruhigen auf und lachte weiter.

„Kann ich Ihnen vielleicht irgendwie helfen?", fragte der hilfsbereite Passant neben mir.

„Ich glaube, mir ist nicht mehr zu helfen", antwortete ich mit einem debilen Grinsen. „Aber vielen Dank."

Der Mann entfernte sich kopfschüttelnd und es dauerte noch eine ganze Weile, bis ich mich wieder im Griff hatte. Ich kann nicht mehr genau sagen, wie lange ich mich in diesem merkwürdigen Zustand befand. Es war jedenfalls alles sehr verwirrend.

Kapitel 2

Das Faultier kann in Gefahrensituationen 1,9 km/h schnell werden. (Das Komma zwischen der 1 und der 9 ist richtig)

Stimmen zu hören muss der Fachliteratur nach nicht zwangsläufig ein Anzeichen dafür sein, krank zu sein. Es kann auch ein harmloses Phänomen sein und es soll sogar Menschen geben, die es als Bereicherung empfinden. (Unnützes oder wahlweise auch Klugscheißer-Wissen Teil 3)

Naja, ich fand das allerdings nur mäßig beruhigend. Aber es war ein Ansatz, der mich wenigstens ein bisschen regulierte. Zumindest solange, bis mein inneres Faultier wieder das Gespräch mit mir suchte. Das mit der Bereicherung wollte ich noch nicht so recht glauben.

„Können wir uns jetzt endlich unterhalten? Oder bist du ein Idiot? Das wäre nämlich schade, denn ich kann hier leider nicht weg."

Ich versuchte, mich an eine Atemübung zu erinnern, die ich schon erfolglos zum Einschlafen angewandt hatte. Aber vielleicht würde sie ja hier hilfreich sein. Tief einatmen, die Luft ein paar Sekunden anhalten, langsam und lange ausatmen. Das beruhigt, sagten sie. Vielleicht vertreibt es ja auch Stimmen. Vor allem Stimmen, die behaupten, sie seien mein inneres Faultier. Und ich beruhigte mich tatsächlich ein wenig, hörte in mich hinein, hörte nichts und ließ mich in den Sitz sinken.

„Bist du jetzt soweit?", fragte das Faultier. Nein, nicht das Faultier. Die Stimme in mir, die ich mit meiner Atemübung wohl doch nicht vertreiben konnte.

„Was soll's", dachte ich. „Wenn ich schon verrückt werde, dann habe ich wenigstens noch das Faultier in mir, das mit mir spricht. Das ist zwar nicht das, was ich mir vorgestellt habe, aber ich werde es wohl erstmal nicht mehr los."

„Vorsicht, mein Freund. Ich kann auch deine Gedanken hören. Du musst nicht laut sprechen, damit ich dich verstehe."

Ich versuchte, einen Moment an nichts zu denken. Aber das klappte nicht. Das hat noch nie geklappt. Schon als Kind war es ein wenig erfolgreicher Ratschlag meiner Mutter, einfach an nichts zu denken, wenn beim Versuch einzuschlafen zu viele Dinge in meinem Kopf herumgeisterten. Angestrengt an nichts zu denken, ist noch anstrengender, als irgendwelche Erlebnisse beim Einschlafen zu überdenken. Irgendwann habe ich dann angefangen, mir irgendwelche coolen Sachen vorzustellen, die ich irgendwann machen würde. Ich glaube, ich habe nicht wirklich viel davon umsetzen können, da die coolen Sachen, die ich mir vorstellte, meistens mit Superhelden zu tun hatten.

„Willst du mir jetzt deine ganze Lebensgeschichte erzählen?", fragte das Faultier. „Die kenne ich nämlich schon, ich war ja dabei. Zumindest immer mal wieder. Faultiere schlafen deutlich länger als Menschen. Aber das wirst du ja bestimmt schon wissen. Daher ist meine Zeit auch sehr begrenzt."

„Also gut", fing ich meinen ersten direkt an das Faultier gerichteten Satz an. „Nehmen wir mal an, ich werde gerade nicht verrückt. Und nehmen wir mal an, es ist völlig normal, dass ein Faultier in mir schlummert und plötzlich anfängt, mit mir zu reden. Warum habe ich vorher nichts von dir gehört? Oder gespürt, oder was auch immer?"

„Woher soll ich das wissen? Vielleicht hast du mich ja noch nie gebraucht. Und außerdem schlafe ich ja auch sehr viel. Glaubst du, ich dränge mich ohne Grund auf? So jemand bin ich nicht."

„Und warum bist du dann gerade jetzt aufgetaucht?", wollte ich wissen.

„So ganz genau kann ich dir das auch nicht sagen. Zumindest noch nicht. Es dauert immer eine ganze Weile, bis mir die Zusammenhänge zwischen miteinander verwobenen Ereignissen klar werden. Ich bin quasi erst am Hochfahren. Aber Erfahrung habe ich da auch nicht."

„Keine Erfahrung womit?"

„Du kannst vielleicht dämliche Fragen stellen. Mit dir, womit denn sonst? Bisher hatte ich ja ein ziemlich gechilltes Leben. Glaub mir, ich habe mich nicht um die Interaktion mit dir gerissen. Mittlerweile befürchte ich, in einem kompletten Vollidioten gefangen zu sein", antwortete das Faultier sehr gemächlich, aber sichtlich genervt. Ein Faultier war von mir genervt. Unglaublich, wenn das normal sein sollte, war ich vielleicht doch in der Matrix und die hat sich gerade einen Virus eingefangen.

„Ich kann dich immer noch hören", erinnerte mich mein Mitbewohner an seine Fähigkeiten.

„Ist ja gut. Aber es redet ja auch nicht alle Tage ein inneres Faultier mit mir."

„Daran wirst du dich gewöhnen müssen. Ich habe einen Auftrag zu erfüllen. Glaube ich zumindest."

„Und welchen?", wollte ich wissen.

„Das kann ich dir wiederum nicht sagen. Aber es muss ja einen Grund haben, warum wir uns unterhalten. Wenn das grundlos stattfinden würde, hätten wir uns ja schon früher miteinander unterhalten. Aber wie schon erwähnt, ich habe mir das hier nicht ausgesucht." Es war zum Verrücktwerden. Ich hatte keine Ahnung, was das hier sollte. Ich stand am Straßenrand und mir war nicht einmal bewusst, ob ich zum Reden mit dem Faultier die Lippen bewegte oder nicht. Und dann schien das Faultier selbst nicht zu wissen, was es von mir wollte. Aber vielleicht war das ganz gut so. Wäre vielleicht eine Riesenschlange in mir aufgetaucht, hätte sie mir womöglich eingeredet, ich solle irgendwelche Menschen erwürgen. Und wie sollte es anders sein, bei diesem Gedanken meldete sich das Faultier ungefragt wieder mit einer Weisheit zu Wort.

„Bist du bescheuert? Es gibt doch keine innere Schlange. Ich glaube, du bist wirklich ein Idiot. Mein lieber Mann, ist das eine Scheiße hier."

„Aber ein inneres Faultier ist normal oder was?", stellte ich, etwas zickiger als gewollt, die Gegenfrage.

„Natürlich, ich bin ja schließlich hier."

„Das ist keine wirklich gute Erklärung", entgegnete ich in der Hoffnung, das Faultier verbal zu verunsichern.

„Ist die Schlange auch da?", wollte das Faultier wohl zu seiner eigenen Sicherheit wissen.

„Natürlich nicht."

„Siehst du, ich habe recht", schloss das Faultier das Thema ab und ich hatte keine Argumente mehr. Das Faultier machte mich fertig.

„Hast du auch einen Namen?", wollte ich wissen.

„Sid", sagte das Faultier.

„Das ist jetzt nicht dein Ernst, oder? Sid? Das Faultier aus Ice-Age? Du willst mich verarschen, oder?"

„Hey, du hast mir schließlich keinen Namen gegeben. Und den Film hast du gefühlt schon hundertmal gesehen. Da liegt es also nahe, oder?"

„Wie sollte ich dir einen Namen geben? Ich wusste ja nicht einmal, dass du existierst."

„Schlimm genug", sagte Sid und schien irgendwie ein bisschen beleidigt zu sein. Ich hatte plötzlich ein schlechtes Gewissen. Aber warum? Weil ich dem Faultier in mir noch keinen Namen gegeben hatte? Das Faultier hatte recht, ich war wohl tatsächlich komplett bescheuert. Oder ein Idiot. Oder beides. Und wahrscheinlich hätte ich ihn tatsächlich Sid genannt.

„Alles ok?", fragte ich vorsichtig.

„Nein."

„Willst du darüber reden?"

„Ach, jetzt will der feine Herr plötzlich reden."

„Nein, eigentlich nicht", antwortete ich ehrlicherweise.

„Aber so wie es aussieht, werde ich dich ja so schnell nicht mehr los, oder?", ergänzte ich unnötigerweise.

„Und schon wieder redest du abfällig über mich."

„Du hast zu mir gesagt, ich sei ein Idiot", entgegnete ich und hoffte, damit auf Verständnis zu stoßen. Falsch gedacht.

„Du bist ja auch einer", sagte Sid. „Und jetzt bin ich müde, ich muss eine Runde schlafen."

„Du bist noch nicht mal eine Stunde wach. Und das nach über vierzig Jahren."

„Hallo, ich bin ein Faultier. Ich schlafe fast immer. Und wenn ich müde bin, werde ich ungenießbar."

„Nicht nur wenn du müde bist", dachte ich ganz vorsichtig, in der Hoffnung, Sid würde mich nicht hören. Dämlicher Gedanke.

„Das habe ich gehört."

Und dann war Ruhe. Sid war eingeschlafen. Der Gedanke, dass ich mein inneres Faultier beim Namen nannte, machte mich wahnsinnig. Wahrscheinlich war ich tatsächlich schon wahnsinnig. Das Schlimmste daran war allerdings, dass ich tatsächlich Fragen an Sid hatte, die mir in diesem Moment durch den Kopf schossen. Das musste ich erstmal verarbeiten. Natürlich schlafen Faultiere viel, aber innere Faultiere auch? Ich hatte keine Ahnung, war komplett verwirrt und überlegte angestrengt, wie ich nun damit umgehen sollte.

Sollte ich es für mich behalten oder Esmee davon erzählen? Ich beschloss, die Sache vorerst für mich zu behalten. Das war sicher besser so. Ich wollte ja nicht, dass meine Frau denkt, sie sei mit einem Spinner verheiratet. Es reichte mir schon, dass mich Sid für einen Idioten hielt.

Plötzlich klingelte mein Handy und ich schreckte hoch. Dabei fiel mir ein, dass ich die Freisprechanlage im Auto schon lange leiser stellen wollte. Im Display des Infotainment-Systems tauchte Esmees Kontaktfoto auf. Ich atmete ein weiteres Mal tief durch und nahm das Gespräch an.

„Was gibt's?", fragte ich.

„Was es gibt?", fragte auch sie. „Ich mache mir Sorgen. Hast du mal auf die Uhr geschaut?"

Nein, das hatte ich in der Tat nicht. Es war schon nach 19:00 Uhr. Ich hatte keine Ahnung, dass ich schon so lange am Seitenstreifen stand. Ich war ja schließlich schon um 17:00 losgefahren. Ich überlegte kurz, ob die Zeit in der Gegenwart eines Faultieres langsamer oder schneller vergehen würde, vertagte die Analyse und beschloss, eine kleine Ausrede zu formulieren.

„Tut mir leid. Ich war gerade schon am Gehen und wurde aufgehalten. Ich bin gleich zu Hause."

„Ok, aber bitte sag das nächste Mal Bescheid."

„Mach ich", sagte ich. „Und dann stell ich dir auch gleich mein inneres Faultier vor. Es heißt Sid, schläft ziemlich viel, beleidigt mich gerne und ist heute das erste Mal aufgetaucht. Hast du vielleicht auch ein inneres Faultier, dass sich selbst einen Namen aus einem Zeichentrickfilm gegeben hat?"

Den zweiten Teil dachte ich natürlich nur. Aber es lag mir echt auf der Zunge. In den restlichen zehn Minuten des Heimweges wollte ich die letzten knapp zwei Stunden noch einmal überdenken und meine Gedanken dazu ordnen. Es gelang mir leider nicht einmal ansatzweise. Ich war maximal verwirrt und beschloss, dass es eine gute Idee wäre, gleich montags den Abend mit Wein ausklingen zu lassen. Am besten etwas mehr als sonst. Konnte ja nicht schaden. Ich war eh schon nicht mehr Herr meiner Sinne und hatte Bedenken, überhaupt einschlafen zu können. Es rasten jetzt schon Güterzüge voller Gedanken durch meinen Kopf. Der geplante Lauf hätte mir sicher auch geholfen, war aber aufgrund der fortgeschrittenen Uhrzeit leider nicht mehr möglich.

Wein zur Beruhigung soll übrigens laut einer Studie ita-lienischer Forscher tatsächlich kein Märchen sein. Die entspannende Wirkung ist auf das Schlafhormon Mela-tonin zurückzuführen, dass in den Schalen einiger Rot-weintrauben enthalten ist. Zum Zeitpunkt der Studie war allerdings noch nicht nachgewiesen, ob das Hormon auch nach dem Keltern noch vorhanden ist. (Unnützes oder wahlweise auch Klugscheißer-Wissen Teil 4)

Aber wen juckt's? Ein Gläschen Cabernet Sauvignon konnte definitiv nicht schaden. Oder zwei. Vielleicht wollte Sid ja auch etwas davon abhaben.

Der letzte Gedanke, der mir dann vor der Begrüßung meiner Frau durch den Kopf ging, war die sehr lebhafte Vorstellung, wie ein kleines Faultier in meinem Inne-ren, an einer Rippe meines Brustkorbes hängend, ein Gläschen Rotwein hochhielt und mir zuprostete.

Kapitel 3

Faultiere verlassen nur den Baum, um auf einen anderen zu klettern, oder um die Notdurft zu verrichten.

Zwei Gläschen Cabernet Sauvignon und eine Standpauke meiner Frau bezüglich meines Zuspätkommens später, lag ich dann tatsächlich halbwegs entspannt im Bett. So entspannt das eben ging, nach den doch etwas merkwürdigen Erlebnissen des Tages.

„Ist irgendwas mit dir?", fragte Esmee dann noch überflüssigerweise und mir schossen sofort mehrere Antwortmöglichkeiten durch den Kopf.

Möglichkeit 1: „Wie kommst du denn darauf? Alles bestens. Oder meinst du, ich sollte mir Sorgen machen, weil ich vorhin eine ausgiebige Unterhaltung mit mir selbst, bzw. meinem inneren Faultier namens Sid geführt habe? Ich glaube, unter seiner unfreundlichen Schale liegt ein freundlicher Kern. Vielleicht werden wir sogar noch Freunde."

Möglichkeit 2: „Nein, alles gut. Aber was ich schon immer mal wissen wollte: Wie heißt eigentlich dein inneres Faultier?"

Möglichkeit 3: „Ja, eigentlich schon. Ich habe ein wenig damit zu kämpfen, dass mein inneres Faultier wohl irgendwie unzufrieden mit mir ist. Ich kann nicht genau sagen, woran es liegt. Auf jeden Fall beleidigt es mich immer wieder und ich frage mich die ganze Zeit, was ich denn falsch gemacht haben könnte. Kannst du mir vielleicht ein Tipp geben, wie ich mit Sid wieder ins Reine kommen könnte? Ich überlege schon, ob ich vielleicht mit ihm zur Paartherapie gehen soll."

Ich entschied mich dann allerdings für Möglichkeit Nummer 4: „Nein, ich bin nur müde. Es war ein anstrengender Tag und mir geht noch einiges durch den Kopf. Im Moment brennt es in der Firma an allen Ecken und Enden."

„Du sollst doch nicht immer die Arbeit mit nach Hause nehmen. Das tut dir nicht gut. Du musst versuchen abzuschalten."

„Ich weiß", entgegnete ich zustimmend. Ich wollte unbedingt vermeiden, diese Achtsamkeitsdiskussion vor dem Einschlafen noch vom Zaun zu brechen. „Meistens klappt das ja auch schon viel besser als früher. Ich nehme mir deine Ratschläge wirklich zu Herzen. Ich glaube, ich lerne da gerade viel von dir dazu, mein Schatz."

Das war zwar nicht ganz die Wahrheit, aber mir ging das Thema echt auf die Nerven. Das mit der Achtsamkeit ist ja alles recht und schön. Und die Ansätze sind auch sicherlich nicht schlecht. Aber mal ganz ehrlich:

Achtsamkeit ist nicht das Auswendiglernen von irgendwelchen Techniken, um dadurch einen höheren Entspannungsgrad zu erreichen. Ich war fest davon überzeugt, dass gerade durch den zwanghaften Versuch, etwas mehr Achtsamkeit in den Tagesablauf einfließen zu lassen, eventuell sogar noch mehr Stress entstehen kann. Vielmehr zementierte sich immer deutlicher der Satz aus der Tageszeitung, den ich heute Morgen gelesen hatte, als Mantra in meinem Kopf. Ich würde sogar so weit gehen, dass sich dieses Mantra in meinem Bewusstsein breit machte, ohne dass ich dessen Tragweite schon abschätzen konnte.

Wir müssen wieder lernen, den Müßiggang zu gehen.

Es war in mir, schlummerte aber noch gemächlich vor sich hin und wartete auf den richtigen Moment.

„Das sagst du immer. Aber ich denke, ein Achtsamkeitstraining würde dir trotzdem noch guttun. Ich würde auch mitgehen, wenn du das möchtest."

Oh Gott, da war sie wieder. Die ernstgemeinte Androhung eines gemeinsamen Achtsamkeitstrainings. Das war tatsächlich das Letzte, das ich wollte. Und noch schlimmer, als alleine zum Achtsamkeitstrainer zu müssen. Versteht mich nicht falsch, ich mache sehr gerne Dinge gemeinsam mit meiner Frau. Aber bei dieser Aktion wäre das Familiendrama vorprogrammiert. Das sind so Themen, bei denen ich wirklich jeden noch so kleinen Widerspruch bis zum geistigen Erbrechen ausdiskutieren kann. Und das wiederum würde Esmee in den Wahnsinn treiben. Am Ende würde ich voraussichtlich allen Teilnehmern das Training und dem Trainer sein Erfolgserlebnis versauen. Nein, das wäre mit an Sicherheit grenzender Wahrscheinlichkeit keine gute Idee. Man sollte wissen, wofür man geeignet ist und wofür nicht. Diese Erkenntnis war doch irgendwie auch schon ein erstes Anzeichen für Achtsamkeit. Ich konnte es mir jedenfalls einreden.

„Ich glaube, ich kaufe mir zuerst ein Buch zu dem Thema, um es besser zu verstehen."

„Wie du meinst", antwortete Esmee.

Zum Glück, sie hatte Erbarmen. Und ich nahm mir vor, sehr viel Zeit mit dem Lesen des Buches zu verbringen. Geradezu unendlich viel Zeit. Es sollte ja auch sitzen, das Wissen.

„Das ist doch eine dämliche Idee", meldete sich plötzlich Sid zu Wort. Er hatte scheinbar ausgeschlafen, jedoch hatte ich heute überhaupt nicht mehr mit ihm gerechnet. Dementsprechend überrascht war ich und antwortete daher nicht in Gedanken, sondern in voller Lautstärke.

„Aber besser als so ein doofes Training".

„Was soll das denn jetzt?", wollte Esmee auf der anderen Seite des Bettes wissen. Und das war keine normale Frage mehr. Sie war angefressen. Und zwar richtig. Das war eindeutig. Ich zog sofort das Genick ein. „Ich habe doch gesagt, wie du meinst. Wieso musst du jetzt noch so blöd reagieren?"

„Da hat sie recht", bestätigte Sid und ich musste mir wirklich auf die Zunge beißen, um ihn nicht lautstark zur Schnecke zu machen. Was bildete der sich eigentlich ein? Der konnte doch nicht einfach mitreden und ich musste den ganzen Mist wieder ausbaden.

„Tut mir leid", stammelte ich und hatte keine Ahnung, was ich noch Hilfreiches ergänzen sollte. Alles, was ich noch gesagt hätte, wäre falsch gewesen. Alles, was ich nicht sagte, aber natürlich auch.

„Ich meine es doch nur gut." Esmee drehte sich auf die andere Seite und machte ziemlich schlecht gelaunt das Licht aus. Für den Moment war das sicherlich das Beste, aber ich kann mit solchen Situationen nur ganz schlecht umgehen. Unharmonisch einschlafen mag ich gar nicht. Die Alternative wäre gewesen, das Thema sofort auszudiskutieren. Ich wusste allerdings nicht einmal ansatzweise, wie ich das erklären sollte, ohne als kompletter Idiot dazustehen. Es reichte mir völlig, dass mein inneres Faultier mich für einen Idioten hielt. Von daher hielt ich zähneknirschend meinen Mund und drehte mich ebenfalls um. Ich stellte fest, dass ich definitiv zu wenig Wein hatte.

„Ist das bei euch immer so?", wollte Sid wissen. Ich hatte absolut keine Lust mehr auf eine Unterhaltung, wusste aber auch, dass er sich mit Sicherheit nicht einfach so ignorieren ließ. Von daher entschloss ich mich widerwillig zu einer Antwort und achtete dieses Mal darauf, nicht laut zu sprechen.

„Was meinst du damit?"

„Naja, irgendwie sieht es ja so aus, als wärt ihr nicht wirklich in der Lage, ohne Missverständnisse zu kommunizieren."

„Ja, genau. Kann es vielleicht sein, dass du das Missverständnis warst? Was glaubst du denn, in wie viele Unterhaltungen sich plötzlich innere Faultiere einmischen und für Verwirrung sorgen?"

„Woher soll ich das wissen?", stellte Sid die Gegenfrage. „Ich komme schließlich nicht wirklich in der Welt herum. Du bist der Maßstab. Und das ist ja schon traurig genug."

„Dann bilde dir auch kein Urteil."

„Kein Grund, gleich unfreundlich zu werden." Sid war schon wieder stinkig. Unglaublich. Innerhalb von fünf Minuten waren meine Frau und mein inneres Faultier sauer auf mich. Das war eine reife Leistung. Und es trug nicht zu meiner Beruhigung bei, dass ich Sid mittlerweile mit Esmee in einem Atemzug nannte. Oder vielmehr dachte.

„Das war nicht unfreundlich. Zumindest war es nicht so gemeint. Das war ein nervenaufreibender Tag für mich. Vielleicht bin ich einfach ein wenig erschöpft und dadurch gereizt."

„Oh, das wusste ich nicht", antwortete Sid ziemlich einfühlsam. „Was war denn los?"

„Was denn los war?", wiederholte ich seine Frage. „Du fragst allen Ernstes, was los war? Ich fasse es einfach nicht. Glaubst du denn, dass ich auch nur ein bisschen darauf vorbereitet war, dass du plötzlich in mein Leben trittst?"

„Wieso plötzlich? Ich war schon immer hier."

„Dann warst du halt noch nie wach. Oder was weiß ich, warum ich dich noch nie wahrgenommen habe."

„Ja, das hat mich auch schon immer etwas getroffen. Aber ich habe ja nie etwas gesagt. Ich kannte es schließlich nicht anders."

Sid machte es schon wieder. Er machte mir in kürzester Zeit ein schlechtes Gewissen. Dabei war er doch derjenige, der mich an den Rand des Wahnsinns trieb. Aber das verstand er eben nicht.

Mir wurde klar, dass ich das auch vorerst nicht ändern konnte. Woher sollte er das auch wissen? Es war allerdings nur schwer einzuordnen, ob ich nun verrückt wurde oder ob die Existenz von Sid vielleicht doch ganz normal war. Naja, normal garantiert nicht. Ich nahm mir aber vor, es herauszufinden. Und vor allem wollte ich wissen, warum Sid gerade jetzt auftauchte.

„Warum bist du denn jetzt eigentlich aktiv geworden?", wollte ich daher nochmal wissen und damit das Gespräch in eine normale Bahn lenken. Ok, ich stellte fest, normal war hier gar nichts. Aber ich wollte es jetzt so akzeptieren, wie es eben nun war. Und vielleicht wusste Sid ja mittlerweile schon mehr über seinen Auftrag.

„Das weiß ich immer noch nicht so genau."

„Das hilft nicht weiter."

„Du bist auch immer unzufrieden." Und es ging schon wieder los. Ich wollte mich allerdings nicht darauf einlassen.

„Nein, bin ich nicht. Aber es muss doch irgendeinen Auslöser geben. Du tauchst doch nach so langer Zeit nicht einfach so aus der Versenkung auf, nur weil du mir Gesellschaft leisten willst."

„Ob du es glaubst oder nicht. Auch mir wird es ab und zu mal langweilig. Nur meistens schlafe ich wieder ein, bevor ich mich zu irgendetwas entschlossen habe. Und ich sagte dir doch schon bei unserer letzten Unterhaltung, dass es bei inneren Faultieren etwas länger dauert, bis eine vollumfängliche Erkenntnis einsetzt."

„Siehst du? Dann muss es doch auf jeden Fall einen Auslöser geben."

„Damit wirst du mit Sicherheit recht haben. Aber das musst wohl eher du beantworten. Denk mal drüber nach, ich schlafe jetzt erstmal wieder eine Runde."

„Du kannst doch jetzt nicht einfach schlafen," sagte ich. Doch es kam keine Antwort mehr.

„Sid?", startete ich einen zweiten und letzten Versuch. Doch es kam wieder nichts. Stattdessen fing neben mir meine Frau an zu schnarchen und ich überlegte beim Einschlafen noch eine ganze Weile, warum Sid so plötzlich aufgetaucht sein könnte. Das half allerdings definitiv nicht dabei, schnell einzuschlafen.

Schnarchen ist übrigens nicht nur laut und unangenehm für den Zimmergenossen, sondern kann sogar gefährlich für die Gesundheit sein. Auch Frauen schnarchen mit zunehmendem Alter mehr, was oft spezifische Hintergründe hat.

Unterschieden werden einfaches, beziehungsweise primäres Schnarchen ohne Atemaussetzer und das Schlafapnoe-Syndrom mit Atemaussetzern. Letzteres wird untergliedert in die obstruktive und die seltenere, zentrale Schlafapnoe. Gerade die obstruktive Schlafapnoe kann gefährlich werden, weil dadurch unter anderem Bluthochdruck, Herzrhythmusstörungen und Herzinfarkte ausgelöst werden können. (Unnützes oder wahlweise auch Klugscheißer-Wissen Teil 5)

Das werde ich beim nächsten Achtsamkeitsvorstoß von Esmee in den Ring werfen und sie bitten, doch ihrer Gesundheit zuliebe ihre Energie darauf zu verwenden. Ich denke, das ist ein guter Plan.

Kapitel 4

Etwa die Hälfte aller Dreifingerfaultiere stirbt beim Toi-
lettengang, für den sie den Baum verlassen. Dabei sind
sie ihren Feinden hilflos ausgeliefert.

Am nächsten Morgen wurde mir direkt während des
Aufwachens plötzlich klar, was der Trigger für Sids Erscheinen gewesen sein könnte und startete einen Versuch, ihn zu wecken. Das bereitete mir eine diebische
Freude, ihn damit vielleicht um seinen Schlaf zu bringen. Gleichzeitig fragte ich mich aber auch einmal
mehr, ob ich mich nicht doch in ärztliche Behandlung
begeben sollte. Ich freute mich darauf, mein inneres
Faultier zu ärgern. Sollte ich mir deshalb ernsthaft Sorgen machen? Ich verschob die Beantwortung dieser
Frage auf später, weil ich mich deutlich mehr darauf
freute, als ich mir Sorgen um meinen Gesundheitszu-
stand machte.
Wir müssen wieder lernen, den Müßiggang zu gehen.
Ich war überzeugt davon, dass es dieser Satz und die
daraus resultierende Erkenntnis meines Unterbewusst-
seins war, die Sid auf den Plan gerufen hatten. Was ja
eigentlich klar war, nur hatte ich eben keine Ahnung,

was nun daraus werden sollte. Doch es passierte erst einmal nichts.

Wir müssen wieder lernen, den Müßiggang zu gehen.

Nächster Versuch. Abwarten. Wieder nichts.

Wir müssen wieder lernen, den Müßiggang zu gehen.

Nach dem dritten Versuch schleppte ich mich ins Bad und war tatsächlich etwas enttäuscht darüber, dass mein inneres Faultier mir nicht antwortete. Ich ging meiner morgendlichen Routine nach und tat, was man nach dem Aufstehen eben alles so macht. Mittlerweile dachte ich schon wieder daran, was im Büro heute alles auf mich warten würde.

„Was soll denn die Scheiße um diese Uhrzeit?", hörte ich dann plötzlich Sids Stimme, wie er mehr mit sich selbst, als mit mir zu sprechen schien. Es hatte wohl doch geklappt, Faultiere brauchen eben nur eine ganze Weile, um aufzuwachen. Daran würde ich mich gewöhnen müssen. Ich freute mich wieder. Ich freute mich tatsächlich darüber, dass ich Sid mit diesem Satz scheinbar wecken konnte.

In diesem Moment beschloss ich spontan, die Co-Existenz meines inneren Faultiers irgendwo in meinem Geist zu akzeptieren. Denn logischerweise war es ja dann so, dass ich das Faultier, nachdem ich dessen Dasein akzeptiert hatte, auch nicht mehr bedenklich finden musste. Zumindest redete ich mir das ein und das klappte ziemlich gut. Und ich beschloss, Sid noch ein wenig zu reizen, indem ich den Satz ein weiteres Mal wiederholte.

Wir müssen wieder lernen, den Müßiggang zu gehen.

Jetzt würde er bestimmt endgültig wach sein und ich konnte mir ein herzhaftes Lachen nicht verkneifen. Leider kam im selben Moment Esmee ins Bad (warum schon wieder so früh?) und starrte mich fragend an. Und das war mehr als verständlich, denn schließlich lachte ich mein Spiegelbild während des Rasierens ziemlich intensiv an. Ich lachte laut, nicht nur innerlich. Das muss wirklich ein verstörender Anblick gewesen sein.

„Du machst mir langsam wirklich Sorgen", sagte Esmee kopfschüttelnd, schlurfte schlaftrunken an mir vorbei und setzte sich auf die Toilette. Ich hätte ihr in dieser Situation gerne den Hinweis gegeben, dass wir nicht alleine waren. Doch das ging ja nicht. Und außerdem hat Sid Esmee wahrscheinlich schon öfter auf der Toilette sitzen sehen. Ich wollte gar nicht daran denken, was Sid noch so alles mitbekommen hatte. Vielleicht war er ja in dieser Hinsicht ein Gentleman und würde einfach schweigen.

„Mir machst du auch Sorgen", ergänzte Sid. Jetzt musste ich aufpassen, was ich wem antwortete, aber ich hatte keine Ahnung, wie ich das für den Empfänger vernünftig adressieren sollte. Daher wollte ich erst einmal Sid bedienen, indem ich ihm gedanklich zu verstehen gab: „Wir reden später."

„Ich musste nur an etwas Witziges denken", entgegnete ich dagegen laut, in die Richtung meiner auf dem Klo sitzenden Frau. Wobei ich die Situation ehrlich gesagt gar nicht mehr so witzig fand. Sid kann ja quasi alles sehen, wenn er nicht gerade schläft. Ich verdrängte den Gedanken und hoffte, dass Sid das Thema nie ansprechen würde. Ich würde es jedenfalls nicht tun. Das war schon irgendwie peinlich.

„Ist der Müßiggang jetzt etwa witzig?", wollte Sid plötzlich wissen und überraschte mich mit einer vorher nicht dagewesenen Schnelligkeit seiner Gegenfrage. Ich konnte nicht einordnen, ob die Frage rein informativ war oder ob Sid das Thema tatsächlich wertete, weil es womöglich mit ihm zu tun hatte.

„Ich habe doch gesagt, wir reden später", gab ich Sid zurück. Zu meinem, und wohl auch zum Entsetzen meiner Frau, sprach ich diesen Satz jedoch laut aus und bereute sofort, Sid geärgert zu haben. Aber immerhin wusste ich nun ziemlich sicher, was ihn dazu veranlasst hatte, aus seinem Dauerdelirium zu erwachen. Warum ihn dieser Satz triggerte, konnte ich mir allerdings immer noch nicht erklären. Das musste jetzt aber bis später warten, denn sonst würde ich wohl nicht ins Büro, sondern in ärztliche Behandlung gehen. Ich war mir ziemlich sicher, dass Esmee noch nicht bereit dafür war, in eine Dreier-Diskussion mit Sid und mir einzusteigen. Wie auch? Sie konnte ihn ja nicht hören. Mir wurde klar, dass ich ihr früher oder später von Sid erzählen musste. Ich entschied mich für später und dachte angestrengt darüber nach, wie ich die Situation retten könnte.

„Ich habe doch noch gar nichts gesagt. Worüber wolltest du später reden?", fragte Esmee und war zum Glück noch sehr müde. Ich dachte, das könnte mich vielleicht retten.

„Genau, worüber wolltest du später reden?", hakte Sid ein, der wohl immer noch nicht genau begriffen hatte, dass ich wohl die Ursache seines plötzlichen Erwachens gefunden hatte. Oder vielmehr den Auslöser. Ich ignorierte Sid.

„Ich habe nur laut gedacht", versuchte ich zu beschwichtigen.

„Das machst du immer", antwortete Sid ungefragt.

„Mir ist gerade etwas aus einer Diskussion im Büro durch den Kopf gegangen und ich muss wohl unbeabsichtigt dabei geredet haben."

„Du arbeitest zu viel", sagte Esmee im Vorbeilaufen. „Ich gehe mal unseren Sohn wecken."

Ich hatte wohl Glück. Dieses Mal zumindest. Ich wusste allerdings nicht, wie ich diese Dreierbeziehung in den Griff bekommen sollte. Das war ja schon am ersten Tag eine schier unlösbare Aufgabe.

Luca, unser Sohn, ist gerade 10 Jahre alt geworden und hatte seine Vorliebe für das nicht aufstehen wollen schon vor einiger Zeit entdeckt. Sehr zum Leidwesen meiner Frau, die sich jeden Morgen mit ihm rumschlagen musste. Dabei fiel mir ein, dass ich auch an diesem Morgen schon wieder viel zu spät dran war. Ich war doch immer schon weg, wenn die beiden den Kampf des Aufstehens gemeinsam ausfochten. Hatte ich schon wieder so viel Zeit vertrödelt?

„Ich glaube, ich weiß was dich dazu veranlasst hat, plötzlich aufzutauchen", sagte ich lautlos an Sid gerichtet, als meine Frau wieder aus dem Bad war. „Allerdings habe ich keine Ahnung warum."

„Keine Ahnung hast du ziemlich oft, oder?", entgegnete Sid und fügte folgendes hinzu, bevor ich antworten konnte. „Aber schön, dass du trotzdem endlich darauf gekommen bist. Wurde ja auch Zeit."

„Dir war das also schon vorher klar?"

„Natürlich."

„Und warum hast du nichts gesagt, als ich dich danach gefragt habe?"

„Keine Ahnung."

„Das kann ja wohl nicht wahr sein. Du weißt es und sagst mir nichts. Du hast übrigens auch oft keine Ahnung", konterte ich.

„Tja, nur mit dem Unterschied, dass es mir egal ist."

„Aber du musst doch irgendeine Vermutung haben, warum du mir auf eine Frage nicht antwortest, obwohl du die Antwort kennst."

„Nö, weiß ich nicht. Ich handle intuitiv."

„Hast du eine Vermutung?"

„Nö, aber wenn ich einer Frage nachgehen würde, dann wäre es sicher die nach dem Sinn meines Daseins in deinem gestressten Geist."

„Ich bin doch nicht gestresst."

„Nein?", stellte Sid seine Frage und schlief dieses Mal ohne Vorwarnung wieder ein. Oder er stellte sich tot, weil er keine Lust mehr hatte, sich mit seinem Wirt auseinanderzusetzen.

„Sid?", hakte ich noch einmal nach. Doch es kam keine Antwort mehr. Für mich erschloss sich der Sinn definitiv noch nicht. Jedenfalls konnte ich keinen Sinn darin erkennen, dass mich mein inneres Faultier in den Wahnsinn trieb. Und es hielt mich von meinem gewohnten Tagesablauf ab.

Mein Blick fiel auf die Uhr im Bad und plötzlich war ich tatsächlich gestresst. Ich war schon wieder viel zu spät und musste mich von unterwegs in die erste Telefonkonferenz einwählen. Die wurde glücklicherweise nach drei Minuten wieder beendet, da der Einladende kurzfristig krank geworden war. So hatte ich wenigstens noch die Möglichkeit, beim Bäcker anzuhalten. Ich konnte mich eh nur schwer konzentrieren, da sich meine Gedanken nach wie vor um die Frage drehten, warum Sid so handelte wie er eben handelte. Irgendwann kam ich zu dem Schluss, dass er vielleicht wirklich nicht bewusst handelte. Er wusste vielleicht tatsächlich nicht, warum er da war. Beziehungsweise warum er sich plötzlich mit mir auseinandersetzen musste. Vielleicht wollte er das ja gar nicht. Oder er wusste das alles, und es machte ihm Spaß, mich nicht daran teilhaben zu lassen. Es war ein unerschöpflicher Quell an Möglichkeiten. Und alles schwirrte in meinem Kopf herum.

Auf einmal drängte sich mir die Frage auf, wie wohl das innere Kind handeln würde? Spricht das auch plötzlich mit seinem älteren Ich, oder äußert sich das etwas subtiler? Vielleicht war die direkte Anrede von Sid aber auch sehr hilfreich, denn so wusste ich wenigstens halbwegs, woran ich war. Zumindest falls ich nicht doch verrückt oder gerade drauf und dran war, einen Fehler in der Matrix zu entdecken. Wobei ich da lieber verrückt geworden wäre, hätte ich die Entscheidung selbst in der Hand.

Das innere Kind ist ein therapeutisches Konzept, welches von John Bradshaw in den 70er und 80er Jahren geprägt wurde. Das innere Kind steht symbolisch für unsere Erlebnisse, Gefühle, Erfahrungen und Erinnerungen aus der Kindheit, wovon das meiste unbewusst ist und sich in unseren Reaktionen auf bestimmte Situationen äußert.

(Das ist sicher kein unnützes Wissen, daher würde ich das mal als allgemeines Wissen, aber trotzdem in der chronologischen Reihenfolge der unaufgefordert weitergegebenen Informationen in dieser Geschichte als Teil 6 ablegen.)

Kapitel 5

Faultiere haben einen schwach entwickelten Seh- und Hörsinn, dafür aber einen ausgeprägten Geruchs- und Tastsinn.

War ich wirklich gestresst? Esmee wollte mir das ja schon eine ganze Weile einreden. Ich glaubte ihr allerdings nie und hatte, zumindest meiner Meinung nach, auch immer sehr gute Argumente zur Entkräftung ihrer These gefunden. Sie fand meine Argumente eher nicht so gut. Und plötzlich hatte sie auch noch Unterstützung in Form von Sid, ohne es zu wissen. Für mich war das eine knifflige Lage.

Als ich mir diese Frage stellte, war es ein ganz normaler Dienstag und ich nahm mir vor, meinen Tagesablauf genau zu beobachten. Natürlich mit dem Hintergedanken, dieses Mal nicht nur Esmee, sondern auch Sid von meinem Nichtgestresstsein zu überzeugen. Vielleicht würde er dann ja verschwinden und alles wäre wieder in Ordnung.

Durch das etwas misslungene Zwiegespräch mit meinem inneren Faultier hatte ich jedenfalls schon wieder jede Menge Zeit verloren, die ich irgendwie aufholen musste. Damit scheiterte ich allerdings schon beim Bäcker, wo die Schlange deutlich länger war als sonst und gefühlt jeder vor mir für ein Familienfest einkaufte oder wichtige Fragen zum Thema Brot zu klären hatte.

„Können Sie mir sagen, was genau in dem Brot da hinten drin ist?", fragte eine ältere Dame, die ja auch etwas später zum Bäcker hätte gehen können. Also dann, wenn die vielen berufstätigen Nahrungsjäger gut versorgt an ihren Arbeitsstellen angekommen waren. Aber warum auch? Es machte scheinbar deutlich mehr Spaß, in einer vollen Bäckerei zu stehen, als gemütlich und ohne Zeitdruck am späten Vormittag einen Plausch mit der Verkäuferin zu halten. Aber was rede ich denn da. Die Frau hatte selbstverständlich keinen Zeitdruck. Den hatte ja ich. Und ich spürte, schon bevor ich bei der Arbeit war, eine innere Unruhe in mir aufsteigen.

„Welches meinen Sie denn?", stellte die Verkäuferin die korrekte Gegenfrage, denn da hinten waren schließlich viele Brote.

„Na das mit den Körnern obendrauf", antwortete die ernährungsbewusste Kundin. Sie machte ja wirklich einen netten Eindruck, war aber definitiv zur falschen Zeit am falschen Ort.

„Meinen Sie vielleicht das hier?", wollte die Verkäuferin wissen, die mittlerweile zu ahnen schien, dass diese Uhrzeit nicht die beste für ein ausgiebiges Beratungsgespräch war. Sie zeigte mit dem Finger darauf, die Kundin verneinte. Sie zeigte auf das nächste Brot und auf das übernächste, bis sie endlich einen Treffer landete.

„Genau, das meine ich."

Die Verkäuferin zählte sehr souverän alle Inhaltsstoffe auf, die sich in einem guten Brot vermuten ließen und wartete anschließend auf eine Kaufbestätigung der Kundin. Diese überlegte, wahrscheinlich nicht viel länger als ein paar Sekunden, doch es kam mir wie eine Ewigkeit vor, bis sie endlich reagierte. Ich spürte meine Halsschlagader heftig pochen. Das war mir vorher noch nie so deutlich aufgefallen. Das war sicher nicht das beste Anzeichen eines entspannten Gemütes. Mich ärgerte dieses ziemlich eindeutige Anzeichen der Bestätigung von Sids These zu meinem allgemeinen Zustand nun auch noch zusätzlich. Ich hatte keine Zeit für Faultier-Thesen.

„Hm, das ist schwierig. Es sieht ja wirklich gut aus, klingt auch sehr gesund, aber ich weiß ja nicht genau, wie es schmeckt."

„Dann müssen Sie es probieren. Wollen Sie es nun oder nicht?", hakte die Verkäufern nach. Und auch sie verlor langsam die Geduld, wie man an ihrem Tonfall erkennen konnte. Das war auch der Kundin aufgefallen. Diese schien allerdings so gar kein Gefühl für die aktuelle Situation zu haben. Und schon gar nicht für meine persönliche Lage.

„Dann nehme ich eben wieder das Roggenmischbrot", sagte die ältere Dame sichtlich unzufrieden und fügte hinzu. „Hier wurde man auch schon freundlicher bedient."

Die Schlange war mittlerweile noch länger geworden, mein Zeitproblem größer und mein Geduldsfaden kurz vor dem Zerreißen. Und im Hinblick auf mein Experiment, mit dem erklärten Ziel, nach der Beobachtung eines ganz normalen Dienstages, die Vorwürfe, ich sei immer so gestresst, zu widerlegen, erlitt ich schon ganz am Anfang den ersten herben Rückschlag. Also atmete ich wieder einmal tief ein und aus. Das sollte ja helfen. Hatte ich irgendwo mal gelesen. Irgendwann. Ich hatte sogar gelesen, dass so eine Situation eine wunderbare Übung sein kann. Oder vielmehr eine Herausforderung auf dem Weg zu mehr Achtsamkeit. Wäre ich entspannt, würde ich einfach nur beim Bäcker stehend beim Bäcker stehen, geduldig warten und nicht unzählige Gedanken und Nerven darauf verschwenden, mich darüber aufzuregen, warum das alles so lange dauerte. Oder was die ältere Dame um diese Uhrzeit beim Bäcker zu suchen hatte. Der nächste Termin sollte mir nicht die ganze Zeit schon im Kopf herumgeistern, genauso wenig wie mein restlicher Tagesplan, der sich gerade in Luft auflöste. Ich sollte einfach nur hier stehen, vielleicht mit einem anderen Wartenden über Brot philosophieren, oder einfach nur warten, bis ich an der Reihe war. Ich hatte ja eh keine Möglichkeit, die Geschwindigkeit der Schlange zu beeinflussen. Ich konnte mich also ärgern oder auch nicht. Letztendlich war das alles mein Problem und ich war auch der Einzige, der irgendetwas daran ändern konnte. Nicht an der Tatsache, dass es länger dauerte, sondern an der Art und Weise, wie ich damit umging. Aber das war eben nur Theorie. Oder vielleicht doch nicht? War ich nur zu beschäftigt, um das zu erkennen? Denn mit Effizienz hatte meine Erregung und das unruhige Gefühl in der Magengegend nichts zu tun. Ich konnte an der Situation definitiv nichts ändern. Ok, ohne Brötchen den Tag durchstehen und die Bäckerei verlassen, könnte die Wartezeit ab diesem Moment auf null reduzieren. War aber keine Option. Ohne regelmäßige Nahrungsaufnahme bin ich ungenießbar. Das wollte ich nun auch niemandem zumuten. Doch zu diesem Zeitpunkt war ich noch weit davon entfernt, solchen Gedanken bewusst etwas Raum einzuräumen.

Also wartete ich. Völlig unentspannt, aber ich wartete. Ich wartete so lange, bis mein Lieblingsbrötchen ausverkauft war. Was für ein beschissener Beginn des Tages. So hatte ich mir das nicht vorgestellt.

Auf dem Weg zur Arbeit konnte ich mich wieder ein wenig beruhigen. Nicht ganz, aber das nervöse Gefühl in der Magengegend ließ etwas nach. Doch bei nüchterner Betrachtung musste ich zugeben, dass ich tatsächlich etwas gestresst war. Verdammt. Und diese Erkenntnis stresste mich noch viel mehr. Vor allem, weil der Tag ja gerade erst begonnen hatte. Ich wollte gar nicht daran denken, was noch alles auf mich zukommen würde.

„Hey Christian!", rief mir Nadja schon auf dem Weg durch das Bürogebäude zu. „Ich weiß, es ist ja nicht dein Bereich. Aber könntest du vielleicht..."

So, oder so ähnlich fingen regelmäßig Gespräche auf dem Flur, in einer Videokonferenz oder sogar in der Freizeit an. Und die Kollegen hatten auch immer Recht damit, dass ich eigentlich nicht zuständig war. Trotzdem hielten sie es für eine sehr gute Idee, mir von ihren Schwierigkeiten zu erzählen. Ich fühlte mich dadurch auch irgendwie geschmeichelt, wenn man mit seinen Problemen zu mir kam, in der Hoffnung, dass ich vielleicht helfen könnte. Und ich wollte ja auch immer hilfsbereit sein, vernachlässigte dadurch aber meine eigenen Themen und geriet daher wieder in Stress. Verdammt, da war es wieder. Das S-Wort. Ich wollte doch nicht gestresst sein. Doch wie immer spielte ich die Auswirkungen auf meine eigene Kapazität herunter.

„Na klar, kein Ding. Ich schau mal, was mir dazu einfällt."

Natürlich würde ich schauen. Aber war das auch sinnvoll? Also sinnvoll im Sinne von sinnvoll für mein eigenes Seelenheil? Okay, soweit will ich mal nicht gehen. Seelenheil war zu weit gegriffen. Ich brauchte ja auch ein wenig Stress. Langeweile im Geschäft ging gar nicht. Aber wo war die Grenze? Womöglich war sie überschritten und Sid deshalb in Alarmbereitschaft.

Normalerweise machte ich mir da auch gar keine Gedanken. Ich unterstützte, wo ich konnte. Und wo ich nicht konnte, versuchte ich es zumindest. Und heute wollte ich ja genau auf die möglichen Stressfaktoren achten. Daher musste ich diese Situation gedanklich festhalten. Der Drang, es allen recht machen zu wollen, könnte ein indirekter Auslöser für Stress sein.

Zu meiner Überraschung passierte den Rest des Tages aber nichts mehr Nennenswertes, das ich unter Stressfaktor verbuchen wollte. Wie schon erwähnt, bei der Arbeit hatte ich ja auch gerne etwas Druck auf dem Kessel. Positiver Stress konnte auch etwas Gutes haben. Herausforderungen zu meistern, gehörte zu meinen Lieblingsbeschäftigungen und erfüllte mich mit Zufriedenheit.

Gerade als ich im Begriff war, Feierabend zu machen, erreichte mich eine WhatsApp von Esmee.

„Kannst du bitte noch ein paar Sachen vom Supermarkt mitbringen?", die Einkaufsliste war darunter.

„Klar, mach ich", schrieb ich zurück. Es war ja auch nichts Schlimmes. Es lag sogar auf dem Weg. Allerdings löste eine solche Nachricht immer wieder einen Automatismus von Fragen aus. Und das nervte mich selbst an mir. Ich wollte schon immer gerne solche alltäglichen Dinge annehmen und nicht hinterfragen. Doch ich konnte mich nicht dagegen wehren.

Warum hat sie das denn nicht schon selbst gemacht?

Muss ich arme Sau, nach einem harten Arbeitstag, jetzt auch noch in den Supermarkt?

Würde ich schon wieder die langsamste Schlange an der Kasse erwischen?

Und so weiter und so fort. Und ich spürte plötzlich wieder, wie mich das in Stress versetzte. Das unangenehme Gefühl in der Magengegend kam zurück und ich fing an, mich darüber zu ärgern, dass ich jetzt noch in diesen verdammten Supermarkt gehen sollte. Ich hasse übrigens Supermärkte. Aber ich ging natürlich an den Ort des Grauens, den Vorhof zur Hölle und ärgerte mich darüber, dass die Idioten wohl schon wieder alles umgeräumt hatten. Wahrscheinlich nur, um die Kundschaft, im Speziellen natürlich mich, zu verarschen. Ich ärgerte mich darüber, dass die Schlange an der einen geöffneten Kasse viel zu lang war. Ich ärgerte mich noch mehr, als plötzlich alle Kunden hinter mir, zu der sich in diesem Moment öffnenden zweiten Kasse abbiegen konnten, gerade als ich soweit war, die Waren auf das Band zu legen.

Als ich dann endlich draußen und auf dem Weg zum Auto war, stellte ich fest, dass ich den Salat vergessen hatte, hinter dem auf dem elektronischen Einkaufszettel drei Ausrufezeichen prangten. Ich war kurz vor dem Platzen. Wenn ich da jetzt noch einmal reingehen würde, konnte ich nicht garantieren, ohne eine Form der Eskalation wieder aus dem Laden herauszukommen. Ich entschied mich daher dafür, dass der Salat ausverkauft war. Ich hatte beschlossen, dass es überhaupt kein Grünzeug mehr gegeben hatte. Alles restlos vergriffen. Nicht einmal eine Salatgurke lag noch in der sonst so gut gefüllten Auslage. Dieser Plan zauberte mir sogar ein Lächeln auf die Lippen und ich redete mir ein, dass ich einen Fortschritt bezüglich meines Stresslevels gemacht hatte. Ich sollte ja schließlich achtsamer mit mir umgehen. Darüber ärgerte sich am Ende natürlich Esmee, doch das konnte ich ja auf den schlecht organisierten Supermarkt schieben. Ich war also fein raus. Zu Hause spulte ich meine einstudierte Entschuldigung ab und kam sogar einigermaßen glimpflich aus der Situation wieder raus. Das war natürlich nicht gerade die feine Art, doch was hätte ich tun sollen?

„Papa, lass uns Fußball spielen!", rief Luca, nachdem er mitbekommen hatte, dass ich zu Hause war. Im selben Moment fielen mir aber ganz andere Dinge ein, die ich tun könnte. Oder sollte. Oder sogar müsste.

„Ich muss leider noch den Rasen mähen", antwortete ich und hatte sofort ein schlechtes Gewissen. Auf der einen Seite war ich enttäuscht, meinem Sohn seinen Wunsch nicht zu erfüllen. Auf der anderen Seite wurde ich von meinem viel zu stark ausgeprägten Drang zur Pflichterfüllung genötigt, etwas zu erledigen, das tatsächlich nicht von höchster Bedeutung war.

„Ach was", mischte sich Esmee ein. „Der kann doch noch warten. Das Gras ist ja noch gar nicht so hoch."

Damit hatte sie eigentlich recht, doch am Wochenende hatte ich schon reichlich andere Dinge geplant. Damit wuchs der Druck, weil immer mehr Aufgaben später erledigt werden sollten. Ich spürte, dass mich das innerlich schon wieder beunruhigte.

Im selben Moment fiel mir völlig unnötigerweise ein, dass Sid sich den ganzen Tag noch nicht gemeldet hatte. Bildete ich mir das doch alles nur ein? Oder hatte ich es nur geträumt? Naja, bei genauerer Überlegung musste es eine dieser Optionen sein. Schließlich war in mir zu wenig Platz zum Wohnen. Allerdings haben wir auch schon gelernt, dass es durchaus möglich ist, ein gutes Verhältnis zu seiner inneren Stimme zu haben. Zumindest, wenn sie nicht zu Massenmord oder ähnlich schrägen Aktionen auffordert.

„Papa", drängelte Luca neben mir und zog an meinem Hemd. „Jetzt komm schon."

„Na gut", ich gab mich geschlagen. „Ich zieh mich nur schnell um."

„Super", jubelte mein Sohn. Zehn Jahre müsste man nochmal alt sein. Da war die Welt noch einfach. Man hatte nur schöne Dinge im Kopf. Oder Dinge, die einfach nur Spaß machten. Nicht das ganze Erwachsenenzeug, das unbedingt gemacht werden musste. Ich ging ins Bad, zog kurze Hosen und T-Shirt an und fragte mich dabei, ob das ganze Erwachsenenzeug tatsächlich gemacht werden musste. Ich überlegte kurz und kam zu dem ernüchternden Ergebnis, dass es leider gemacht werden musste. Machte ja sonst keiner.

Wir spielten ein halbe Stunde Fußball und ich schaffte es tatsächlich, Spaß dabei zu haben. Bis mir einfiel, dass ich ja eigentlich noch etwas für den Sportverein machen musste. Es war eigentlich nur eine Rundmail, aber auch das musste erledigt werden. Dieses Ehrenamt hatte ich vor ein paar Jahren übernommen. Hauptsächlich, weil kein anderer wollte. Und irgendwie kam ich da nicht wieder raus. Während mir diese Gedanken durch den Kopf gingen, wurde ich unaufmerksam, Luca glückte ein unerwartet heftiger Schuss auf das Tor, vor dem ich stand, und ein stechender Schmerz machte sich in der Gegend meiner Nase breit. Luca hatte mir mitten ins Gesicht geschossen.

„Verdammter Mist", fluchte ich und hielt mir die Nase. War zum Glück nicht ganz so schlimm. Es blutete jedenfalls nicht. Aber es tat trotzdem höllisch weh. Es hat wohl schon seinen Grund gehabt, dass ich meine Fußballkarriere in der D-Jugend bereits beendet habe.

Ich spielte zwar mittlerweile wieder bei den alten Herren, aber das war ja eine recht entspannte Sache. Vor allem waren wir Meister im Zelebrieren der dritten Halbzeit. Pizza und Pils in der Dorfkneipe. Das war schon eine gute Mischung. Irgendwie ist das doch auch achtsam, oder?

„Tut es denn sehr weh?" fragte Luca und er schien seinen Treffer wirklich zu bedauern.

„Es geht, aber ich denke, ich höre besser auf. Ein bisschen tut mir der Kopf schon weh."

„Ok", antwortete Luca verständnisvoll, aber traurig.

Ich bekam schon wieder ein schlechtes Gewissen, weil ich mich dabei ertappte, dass ich eigentlich schon noch spielen könnte, die pulsierende Nase aber gerne als Grund nahm, aufzuhören. Nur um endlich diese noch ausstehende E-Mail zu schreiben.

Als ich ins Wohnzimmer kam, saß dann aber Esmee mit dem Laptop am Tisch und suchte nach irgendwelchen Pflanzen für den Garten. Meiner Meinung nach hätte das auch warten können, aber aus langjähriger Erfahrung wusste ich, dass ich diese Diskussion verlieren würde. Berechtigt oder unberechtigt stand nicht zur Debatte. Ich würde verlieren. Und plötzlich wusste ich nicht mehr, was ich machen sollte. Ein kleiner Time-Slot und ich hatte nichts zu tun. Rasenmähen wollte ich nicht, denn das würde ja meinem Sohn gegenüber ziemlich blöd aussehen. Aber was sollte ich denn sonst machen? Essen war auch noch nicht fertig. Esmee saß ja am Laptop und ich war ein erbärmlicher Koch. Ich wurde nervös. Schaute auf mein Handy, fand aber keine wichtige Nachricht, die ich gerade beantworten konnte oder sollte. Ich dachte angestrengt nach, ob ich nicht doch noch etwas Sinnvolles für die Zeit zwischen Jetzt und Abendessen finden würde. Aber es fiel mir absolut nichts ein. Es folgte eine schier unendlich lange halbe Stunde, bis Esmee den Laptop freigab und ich endlich diese E-Mail schreiben konnte. Es war echt anstrengend, einmal nichts zu tun.

Nach dem Essen schaute ich noch kurz ein Schreiben des örtlichen Gasversorgers durch, in dem dieser mir die Vorteile der neuen Vertragsmöglichkeiten näherbringen wollte. Da hatte ich nun so gar keine Lust drauf, stopfte das Schreiben zu der ganzen übrigen Post in meine dafür vorgesehene Schublade und stellte fest, dass hier kaum noch ein Blatt reinpasste. Ich nahm mir vor, auch das am Wochenende zu erledigen. Es waren dummerweise immer mehr Dinge, die ich auf das Wochenende schieben musste. Ich versuchte aber, es zu verdrängen und ertappte mich dabei, wie ich mir während der dreiviertel Stunde, in der wir dann noch irgendeine Serie schauten, einen gedanklichen Zeitplan fürs Wochenende erstellte. Schließlich wollte ich alles erledigen, was ich doch schon so lange erledigen wollte. War da vielleicht sogar etwas dabei, was in die halbe Stunde von vorhin gepasst hätte?

„Was stimmt eigentlich nicht mit dir?", fragte mich die Stimme aus meinem Inneren und ich wusste damit, dass ich mir Sid doch nicht eingebildet hatte. Jetzt meldete er sich. Genau jetzt, wo ich doch endlich dabei war, mich zu entspannen. Zumindest hätte ich mich entspannen können, wenn nicht die vielen Arbeiten am Wochenende und Sid in meinem Kopf herumgespukt wären.

Der Begriff Entspannung beschreibt einen körperlichen und geistigen Zustand der Ruhe, Gelassenheit und des

Wohlbefindens: Die Muskeln sind locker und gelöst, der Nacken fühlt sich weich an und im Kopf ruhen die Gedanken. Man atmet tiefer und das Herz schlägt in einem langsamen Rhythmus. Aber das ist nur eine Definition von vielen. (Unnützes oder wahlweise auch Klugscheißer-Wissen Teil 7)

Ich war zu diesem Zeitpunkt definitiv NICHT entspannt. Bei mir war eigentlich alles anders. Und ich musste mir eingestehen, dass nicht nur Sid dafür verantwortlich war. Ich denke, das war einer der ersten Momente, in denen mir bewusst wurde, dass ich etwas ändern sollte. Ich hatte aber immer noch keinen Schimmer, was genau ich ändern sollte. Schließlich musste ja alles irgendwie gemacht werden und langweilig war mir auch nicht. Es war wohl der allgemein bekannte Teufelskreis.

Ich hatte auch schon oft versucht, Wichtiges von Unwichtigem zu unterscheiden. Doch am Ende kam ich jedes Mal zu dem Schluss, dass eben doch alles irgendwann gemacht werden musste. Dann konnte ich es auch sofort tun und jede sich ergebende Möglichkeit dazu nutzen. Oder musste doch nicht alles getan werden? Oder vielleicht nicht sofort? Oder vielleicht nicht so oft? Diese Fragen machten mich wahnsinnig.

Kapitel 6

Für das Faultier sieht die Welt ganz anders aus, denn 90 Prozent seiner Lebenszeit hängt das Tier verkehrt herum am Baum. Möglich ist das nur, weil die Organe des Tieres anders angeordnet sind als bei uns Menschen. So bekommt das Faultier, trotz der ungewöhnlichen Lage, immer genug Luft in die Lungen.

„*Wir müssen wieder lernen, den Müßiggang zu gehen*", hörte ich Sid in meinem Inneren.

„Das ist mein Spruch", antwortete ich lautlos, nachdem ich Sid erfolgreich ignoriert hatte, bis ich im Bett lag. Ich hoffte, dadurch meine Gedanken nicht mehr zwischen Esmee und Sid sortieren zu müssen. Das ist eine echte Herausforderung. Aber wie das wohl bei Faultieren so üblich ist, dauerte die Reaktion ein wenig. Es dauerte genau so lange, bis ich gerade dabei war, einzuschlafen.

„Mit Sicherheit nicht", sagte Sid und ich war aufgrund meines schlaftrunkenen Zustandes natürlich nicht mehr in der Lage, kontrolliert zu reagieren.

„Hä, was willst du denn jetzt damit schon wieder andeuten", brummelte ich daher leise, aber nicht ganz lautlos vor mich hin. Was zur Folge hatte, dass Esmee und Sid schon wieder gleichzeitig antworteten.

„Du redest im Schlaf", hauchte Esmee von der anderen Seite des Bettes, während sie mir einen kleinen Schubser gab. „Du hast zu viel Stress."

„Mit Sicherheit ist das nicht dein Spruch", antwortete Sid.

„Warum?", wollte ich denken, sagte es aber laut und dadurch fühlte sich natürlich Esmee wieder angesprochen.

„Du redest im Schlaf. Habe ich dir doch eben schon mal gesagt. Und du redest mit dem Spiegel. Das macht mir Sorgen. Das besprechen wir aber bitte morgen, jetzt bin ich müde."

„Okay", bestätigte ich so schnell ich konnte Esmees Wunsch, bevor Sid wieder aktiv werden konnte. Selbstverständlich wollte ich das weder besprechen, noch hatte ich Interesse an einem selbstgebastelten Therapieplan meiner Frau. Obwohl, das könnte immer noch besser sein, als das bereits mehrfach angedrohte Achtsamkeitstraining. Ich kann selbstständig achtsam sein, wenn ich will. Redete ich mir zumindest immer wieder ein. Doch schon während ich das dachte, wurde mir klar, dass mir das im Moment nur sehr schlecht gelang. Glücklicherweise erlöste mich Sid kurz vor dem Eingeständnis, vielleicht doch nicht mehr ganz Herr der Lage zu sein.

„Dir würde man genauso wenig bescheinigen, auch nur ansatzweise zu wissen, was ein Müßiggang überhaupt ist, wie eine Buchstabensuppe den Literaturnobelpreis gewinnen würde. Ich befürchte, du bist gerade überhaupt nicht in der Lage, selbstständig achtsam zu sein."

„Woher weißt du, was eine Buchstabensuppe ist?", fragte ich nach. Und ich fragte das nicht, um das Thema zu wechseln, sondern weil mich das tatsächlich interessierte. Ein Faultier isst nach meinem Kenntnisstand nur Blätter und irgendwelches Zeug, das in seinem Fell wohnt. Was Sid in meinem Inneren als Nahrung fand, wollte ich ehrlich gesagt gar nicht wissen. Eine halbverdaute Buchstabensuppe fand ich nicht sonderlich appetitlich.

„Die viel interessantere Frage wäre doch, woher ich weiß, was ein Literaturnobelpreis ist", entgegnete Sid klugscheißend. Allerdings schien mir das nach kurzer Überlegung wirklich die bessere Frage zu sein. Das Faultier machte mich fertig.

„Also gut, woher weißt du, was ein Literaturnobelpreis ist?", stellte ich die geforderte Frage.

„Keine Ahnung", antwortete Sid und ich verspürte einen kurzen Moment lang das Bedürfnis, laut aufzustöhnen. Doch das konnte ich glücklicherweise unterdrücken. Dieses Mal zumindest.

„Warum sollte ich dich das dann fragen?", wollte ich wissen und achtete darauf, nicht allzu genervt zu klingen, denn Sid war ja schließlich ein sehr sensibles Faultier und schnell beleidigt.

„Ich habe nie gesagt, du sollst mich das fragen", entgegnete Sid.

„Hast du nicht?" Ich musste wirklich sehr darauf achten, nicht ausfallend zu werden. Er machte es mir nicht
leicht. Mir war nämlich schon sehr danach, eine sehr
niveaulose Ergänzung hinterher zu schieben.

„Nein, ich habe dir lediglich auf deine Frage nach der
Buchstabensuppe geantwortet, dass die Frage nach
dem Literaturnobelpreis die bessere wäre."

„Du machst mich wahnsinnig", grummelte ich und ärgerte mich darüber, dass ich einen Teil der Zeit, in der
ich eigentlich schlafen wollte, mit sinnlosen Diskussionen verbrachte. Sinnlose Diskussionen mit einem Faultier wohlgemerkt.

„Ich will dich nur zum Nachdenken anregen", sagte Sid
auf oberlehrerhafte Weise. Was mich wiederum schier
zum Platzen brachte. Da war es dann auch vorbei und
ich verlor die Contenance.

„Sag doch einfach, was du denkst", dachte ich ziemlich
intensiv und stellte fest, dass es tatsächlich möglich ist,
laut zu denken, ohne etwas zu sagen. Das brachte mich
natürlich kein Stück weiter, aber so eine unerwartete
Erkenntnis zwischendurch ist ja generell nicht
schlecht. Immerhin lernte ich etwas dazu.

„Das ist ja das Merkwürdige an der Sache", philoso-
phierte Sid. Bevor er jedoch mit seiner These fortfuhr,
machte er eine kurze Pause. Wollte er damit einen
Spannungsbogen aufbauen? Ich sah davon ab, nachzu-
fragen. „Einerseits sind mir Dinge bewusst, die ich in
meinem begrenzten Aktionsradius in deinem Inneren

gar nicht wissen kann. Andererseits kann ich nicht sagen, was ich mit meinem Handeln eigentlich bezwecke. Glaub mir, das ist auch für mich äußerst verwirrend."

Im ersten Moment hätte ich ihn für diese Aussage würgen können. Doch dann schien er mich dadurch tatsächlich zum Nachdenken anzuregen. Obwohl ich immer noch keine Vorstellung davon hatte, wo das alles hinführen sollte, hatte ich zum ersten Mal das Gefühl, als stecke ein Plan dahinter. Allerdings wollte ich nicht darüber nachdenken, wessen Plan das am Ende sein könnte. Meiner war es jedenfalls nicht. Zumindest nicht, dass ich das zu diesem Zeitpunkt hätte einschätzen können. Und das machte die Situation wieder ein Stückchen merkwürdiger.

„Okay, das ist ja alles recht und schön, bringt uns aber kein bisschen weiter", resümierte ich den letzten Teil unserer Unterhaltung. „Was schlägst du vor? Wie sollen wir weitermachen? Wir brauchen einen Plan."

„Wieso wir?", wollte Sid wissen.

„Wir stecken da ja schließlich beide drin, oder?"

„Der einzige, der irgendwo drinsteckt, bin ja wohl ich. Ich stecke in dir. Ohne Aussicht, jemals da raus zu kommen. Da hast du es schon deutlich besser."

„Dann formuliere ich es anders", ergänzte ich und bemühte mich redlich, keinen Groll zu entwickeln. Und das war beileibe nicht einfach. „Hast du irgendeine Idee, wie wir miteinander vorankommen? Ich meine, das kann ja nicht ewig so weitergehen. Wir drehen uns im Kreis."

„Da muss ich dir ausnahmsweise recht geben", bestätigte Sid. „Aber jetzt muss ich mich ausruhen."

„Halt!", brüllte ich in mein Inneres. „Irgendwas musst du mir doch noch mitgeben können. Irgendetwas an dem ich mich entlanghangeln kann. Ich bin seit gestern maximal verwirrt und muss das alles doch irgendwie einordnen."

„Ach Mensch, du kannst aber auch gar nichts alleine. Mach morgen einfach nochmal dasselbe, was du heute gemacht hast. Vielleicht erreichst du ja damit einen Erkenntnisgewinn. Wenn nicht, machst du es einfach nochmal."

„Was?", fragte ich verdutzt.

Keine Antwort.

„Hallo?", hakte ich nach.

Keine Antwort.

„Das gibt's doch nicht."

Es war zum Verzweifeln. Ich hatte mich endlich auf mein Faultier eingelassen, wollte eine konstruktive Diskussion in Gang bringen und dann ließ Sid mich wieder mit so einer undeutlichen Aussage hängen. Es war wie bei so einem völlig frustrierenden Staffelende einer Fernsehserie, bei dem man die Produzenten lauthals verfluchte, weil alles unklar war. Kein Abschluss. Kein versöhnliches Ende. Nur jede Menge offene Fragen.

Als ich noch eine Weile über seine Worte nachdachte, kam mir der Gedanke, dass Sid vielleicht auch nur so etwas wie mein Bauchgefühl oder meine innere Stimme sein könnte. In einer personalisierten Form, die ich mir selbst erschaffen hatte, um irgendein Problem zu lösen. Wie auch immer so etwas passieren konnte. Ich hatte mal wieder keine Ahnung. Scheinbar hatte Sid recht, ich hatte oft keine Ahnung. Doch wenn es wirklich so war, hatte Esmee am Ende ja auch noch recht und ich musste mir tatsächlich Gedanken über meinen Allgemeinzustand machen. Doch all diese Gedanken brachten mich zu diesem Zeitpunkt auch wieder kein Stück weiter. Daher beschloss ich, eine Nacht darüber zu schlafen und am nächsten Morgen hoffentlich mit der Erkenntnis aufzuwachen, was Sid damit meinen könnte, ich solle einfach nochmal dasselbe tun wie heute.

Das innere Sprechen erfüllt verschiedener Studien nach mehrere Funktionen. Eine davon ist, Informationen über uns selbst in Worte zu fassen. Inneres Sprechen hat also mit Selbstwahrnehmung und Bewusstsein zu tun. In unserem Inneren läuft pausenlos ein Film ab, in dem wir Regisseur, Zuschauer und verschiedene Darsteller sind. Jede Figur repräsentiert Bedürfnisse, Erfahrungen oder auch Ängste. (Unnützes oder wahlweise auch Klugscheißer-Wissen Teil 8)

Also hatte ich am Ende Angst davor, faul zu sein? War Sid mein Idol, weil er im wahren Leben den ganzen Tag an irgendeinem Baum hängen könnte, ohne sich Gedanken über seine Pflichten zu machen?

Bei allen Ausprägungen der Achtsamkeit, das wäre dann doch nichts für mich. Ein bisschen Trubel sollte schon in meinem Leben sein.

In dieser Nacht fiel ich einen tiefen, aber sehr unruhigen Schlaf. Und der Traum, der mich in dieser Nacht heimsuchte, sorgte dafür, dass ich am nächsten Morgen ziemlich verstört aufwachte:

Ich schlenderte in meiner gewohnten Umgebung die Straße entlang. Allerdings waren die Farben frischer und die Geräusche gedämpfter. Auf irgendeine mir nicht erklärliche Weise war der Verkehrslärm um mich herum sogar angenehm. Ich war sehr langsam und maximal entspannt unterwegs, ich spürte keinen Zeitdruck, meine Gedanken waren frei. Ich fand es nicht einmal befremdlich, dass Sid auf einem nicht zu definierenden Gefährt neben mir herfuhr und mir breit grinsend zunickte. Es sah aus wie diese elektrischen Kinderfahrzeuge, die normalerweise mit ihren Plastikreifen auf den kleinen Steinchen im Asphalt furchtbar knirschende Geräusche erzeugten. Doch in meinem Traum schwebte das Fahrzeug mit meinem inneren Faultier an Bord einfach so neben mir her. Es summte angenehm vor sich hin und von irgendwoher kam säuselnde Fahrstuhlmusik. Sid hatte natürlich die allseits bekannte Gestalt aus dem Film.

Plötzlich kamen wir an meiner Bäckerei vorbei, in der ich noch am selben Morgen extrem angespannt in der Schlange gestanden bin. Aus der Tür heraus kam die ältere Frau, die vor mir den Betrieb im Laden zum Stillstand gebracht hatte. Freudestrahlend und mit einem unverschämt gutaussehenden Körnerbrot in der Hand. Sie grüßte mich freundlich, ich grüßte zurück und bekam plötzlich Lust auf ein Mohnhörnchen.

Ich trat durch die Tür, die Bäckerei war voll mit Menschen, die sich ausgiebig beraten ließen und ich wartete. Sid saß in seinem Fahrzeug neben mir. Ich hatte keine Erklärung, wie er wohl die Stufen hochgekommen war, aber das ist in einem Traum ja auch völlig egal. Daher war es auch mir egal. Wir nickten uns schon wieder zu, dieses Mal beide breit grinsend. Kein Kunde in der Bäckerei zeigte sich beim Anblick von Sid verwundert. Alles schien völlig normal zu sein.

Und so stand ich also beim Bäcker. Vor mir eine nicht enden wollende Schlange, doch ich verspürte kein Gefühl der Eile. Kein Verlangen, umzudrehen und schnaubend vor Wut die Bäckerei zu verlassen, um mich darüber zu ärgern, dass ich doch kein Mohnhörnchen bekommen konnte. Ich war entspannt und wartete. Und es war ein reines Warten. Es war ein Warten, das ich wunderbar ertragen konnte. Ich dachte an nichts anderes, außer an die Vorfreude, die ich bezüglich des Mohnhörnchens verspürte. Der Duft frischen Brotes stieg mir in die Nase. Im Gegensatz zu meinen sonstigen Besuchen beim Bäcker *nahm ich die Vielfalt der angebotenen Backwaren viel deutlicher wahr. Das Geschäft war schöner und die Menschen um mich herum kamen mir alle sehr nett vor, ohne zu wissen, woran das lag. Ich stand völlig unproduktiv herum und war mit mir im Reinen. Keine Gedanken an verschwendete oder nicht genutzte Zeit. Ich wartete einfach nur wartend...*

Als ich aufwachte, war ich ziemlich durcheinander. Ich konnte mich an den Traum erinnern, wusste ihn allerdings noch nicht einzuordnen. Es hatte natürlich etwas mit meinem Besuch beim Bäcker am Vortag zu tun. Das war ja offensichtlich. Wahrscheinlich war ich aber einfach noch zu müde, um die Gründe zu erfassen.

Kapitel 7

Faultiere lassen sich Zeit. Auch innerlich. Es kann bis zu einem Monat dauern, bis ihr vierteiliger Magen eine einzige Mahlzeit verdaut hat.

Während des Zähneputzens kam dann die Erkenntnis. Zumindest das, was ich für eine Erkenntnis hielt. Mir wurde klar, dass Sid mit seiner Aufforderung, alles vom Vortag noch einmal zu wiederholen, wohl schwerpunktmäßig den Besuch beim Bäcker, den Umgang mit Problemen anderer bei der Arbeit und einem Supermarktbesuch am Abend meinte.

„Ich dachte schon, du kapierst das nie. So schwer war das ja jetzt nun wirklich nicht", kommentierte Sid aus dem Nichts heraus ungefragt meine Gedanken und ich verschluckte mich an der Zahnpasta. Ich dachte einen Moment darüber nach, mit Sid irgendein Zeichen zu vereinbaren, mit dem er mich kurz vor seinem Erscheinen vorwarnen könnte. Ich verwarf den Gedanken direkt wieder. Er würde mich sowieso nicht ernstnehmen.

„Wahrscheinlich bin ich nur so langsam, weil ein Faultier in mir wohnt und meine gedankliche Energie anzapft", antwortete ich, sobald ich mich nach dem Hustenanfall wieder beruhigt hatte.

„Haben wir schlechte Laune heute Morgen?", wollte Sid wissen.

Ich war schon wieder kurz davor, gereizt zu reagieren, beruhigte mich gerade noch rechtzeitig vor der gedanklichen Antwort und schaffte es tatsächlich, die provozierende Frage von Sid zu ignorieren. Es war der Hammer. Ich konnte den Gedanken an eine Antwort ausblenden und konzentrierte mich auf mein Spiegelbild. Das hatte mittlerweile Rasierschaum im Gesicht und wollte von Bartstoppeln befreit werden. Ich stand also am Waschbecken und dachte plötzlich ausschließlich an die bevorstehende Rasur. Es war der erste Moment an den ich mich erinnere, in dem ich ganz bewusst nur das tat, was ich tun wollte, ohne schon an das nächste zu denken. Und es gelang mir tatsächlich. Okay, es waren ungefähr viereinhalb Minuten. Aber viereinhalb Minuten, an die ich mich später erinnern sollte. Ich war unheimlich stolz auf mich. Und fragte mich unnötigerweise, ob Sid vielleicht auch stolz auf mich war. Immerhin hatte er mich ja vorher noch fast aus der Fassung gebracht.

„Siehst du?", sagte Sid, als ich gerade mein Hemd zuknöpfte. „Geht doch."

„Was meinst du?" fragte ich und war in diesem Moment nicht einmal genervt, obwohl mich Sid mit seinem Kommentar ein wenig aus dieser kurzen, noch anhaltenden Entspannungsphase riss. Ich war zwar mittlerweile schon kurz in den ersten Termin an diesem Morgen abgeschweift, doch das fand ich nach diesen viereinhalb Minuten, in denen mein Kopf nahezu völlig frei war, gar nicht so schlimm. Es hatte etwas unheimlich Befreiendes, wenn der Geist nur in eine Richtung denkt. Es war, als konnte ich dadurch unbewusst Energie auftanken.

„Das wirst du schon noch verstehen", antwortete mein Mitbewohner und verschwand wortlos. Das war ein ausgesprochen kurzer Besuch, doch damit konnte ich umgehen. Schließlich würden auch bald meine Frau und mein Sohn aufstehen und ich hatte keine Lust, mich schon wieder bei Gesprächen mit meinem Spiegelbild erwischen zu lassen. Ich hatte mich noch nicht wirklich im Griff, was die stillen Unterhaltungen mit Sid anging und ertappte mich immer noch dabei, wie ich laut mit ihm zu sprechen begann. Ich hoffte sehr, dass mir das niemals bei der Arbeit in einer Besprechung passieren würde.

Also machte ich mich auf den Weg und wiederholte den Tagesablauf vom Vortag so gut es ging. Und das machte ich sogar bis zum Wochenende. Immer wieder. Der Bäcker und die Arbeit waren ja meine tägliche Routine, doch als ich jeden Abend noch einen unaufgeforderten Einkauf vom Supermarkt dabei hatte, erntete ich überraschenderweise keinen Applaus dafür. Eher das Gegenteil war der Fall.

„Kannst du nicht Bescheid sagen, wenn du nach der Arbeit in den Supermarkt gehst?", beschwerte sich Esmee und gab mir zu verstehen, dass ich das mit ihr hätte absprechen sollen. Ich verstand das auch einigermaßen, gelobte Besserung und war mir im Klaren darüber, dass hier selbst vorgetäuschte Einsicht besser als eine Erklärung der eigentlichen Beweggründe war.

Naja, wie auch immer. Auch wenn ich mir wirklich große Mühe gab, schaffte ich es in meinen Augen nicht, mich spürbar zu entspannen und unnötige Zeitverluste mit stoischer Ruhe zu ertragen. Mein Puls erhöhte sich deutlich, wenn der Kunde vor mir, nachdem er bezahlt hatte, noch einen kurzen Plausch mit der Kassiererin hielt. Ohne sensibel genug zu sein, Rücksicht auf die wartenden Menschen in der Schlange zu nehmen.

Allerdings hatte sich Sid die ganze restliche Woche nicht mehr gemeldet. Ich hatte ihn zwar nicht direkt vermisst, aber komisch war es trotzdem irgendwie. Nach jedem Anstieg meines Pulses oder dem verzweifelten Versuch, das Problem eines anderen parallel zu meinem zu lösen, wartete ich auf einen Kommentar von ihm. Doch es kam keiner.

Als ich am Freitagnachmittag aus dem Supermarkt kam und mir selbst einredete, viel zu spät dran zu sein, obwohl nicht einmal ein Anschlusstermin anstand, stellte sich das Gefühl des Versagens in mir ein. Ich war innerlich unruhig, weil ich keinen Fortschritt erkennen konnte. Ich trat auf der Stelle. Auch wenn Sid mir keine genauen Hinweise gegeben hatte, war meine Aufgabe mehr oder weniger klar definiert gewesen.

Achtsames Warten.

Das war das Thema, das ich aus der Aufforderung, den Vortag zu wiederholen, identifiziert hatte. Nach reiflicher Überlegung war ich mir sicher, dass mich das Warten in Situationen, die ich nicht beeinflussen kann, an diesem Montag am meisten gestresst hatte. Also versuchte ich genau das. Achtsam warten. Wobei ich das niemals meiner Frau sagen würde. Ihr wisst ja warum. Allerdings war ich definitiv noch nicht so weit.

Doch ich bin an dieser einfachen Übung vollkommen gescheitert. Immerhin habe ich es geschafft, festzustellen, dass die Situation des Wartens, in der ich mich zwangsläufig immer wieder befinden würde, nicht zu ändern war. Das war sicherlich ein Anfang, aber mehr eben auch nicht.

Ich wollte bewusst atmen, meinen Atemfluss beobachten und dafür dankbar sein, diese Zeit in diesem Moment zu haben. Zeit, die ich sonst für negative Gedanken nutzte. Ich wollte beispielsweise darüber nachdenken, wie ich stehe. Aufrecht oder mit hängenden Schultern? Kopf gesenkt oder interessiert umherblickend? Ich wollte mir Gedanken über die Menschen machen, die mit mir gemeinsam warteten. Ich wollte mich nicht darüber aufregen, wenn sie zu viele Fragen über die angepriesenen Backwaren stellten. Ich wollte das Warten als zusätzliche Zeit annehmen und über schöne Dinge nachdenken. Oder vielleicht sogar Pläne schmieden. Es gibt doch eigentlich so viele Möglichkeiten, sich die Zeit mit etwas Angenehmem zu vertreiben. Wieso machte man es sich also immer wieder so schwer?

Letztendlich wurde mir nach meinem ersten Versuch, aus sinnlos verschwendeter Zeit, eine Auszeit zur Entschleunigung zu machen, nur klar, dass ich trotz dieser Erkenntnis noch meilenweit von der Umsetzung entfernt war. Die Aufgabe war größer als gedacht. Doch je mehr ich darüber nachdachte, desto deutlicher wurde mir klar, dass genau diese Situationen zu einem Schlüsselerlebnis für mich werden könnten.

Ich denke, hier muss wieder jeder seine eigene Situation finden, die er meistern muss, um einen Schritt weiter zu kommen. Die Gabe, sich nicht mehr über Dinge zu ärgern, die man nicht beeinflussen kann, kommt nicht über Nacht. Es bedarf einiger Übung. Sehr zu meinem Leidwesen.

Warten erscheint uns in einer anderen Geschwindigkeit des Zeitvergehens. In manchen Situationen kommen uns drei Minuten wie zehn Minuten vor. In keiner anderen Situation werden wir uns der Zeit so sehr bewusst, wie während des Wartens. Die Zeit zieht sich quälend in die Länge, sodass man sie am liebsten totschlagen möchte.

Man wird ungeduldig und zornig. Das Warten ist in vielen Situationen ungewiss, denn man weiß nicht, wie lange sich dieser Zustand noch hinziehen wird. Und doch wäre die Lösung in der Theorie so einfach. Man müsste die Situation annehmen und etwas daraus machen. Doch das fällt einem sehr schwer. Schließlich will man immer und überall produktiv sein und befürchtet, dass die zwei Minuten des Anstehens in der Kantine die Pausenzeit um ein unerträgliches Maß reduzieren, anstatt die Zeit des Wartens für einen Plausch mit dem Kollegen zu nutzen. Wir fühlen uns um etwas betrogen. Um unsere freie Zeit, die wir uns aber am Ende des Tages, egal wieviel wir uns davon angespart haben, nicht nehmen. Wir können sie nur sofort einlösen.

(Unnützes oder wahlweise auch Klugscheißer-Wissen, beruhend auf einer nicht näher erörterten These des Autors, Teil 9)

Kapitel 8

Faultiere können überraschenderweise gut schwimmen und halten bis zu 40 Minuten unter Wasser den Atem an.

„Das wird wohl noch ein hartes Stück Arbeit, aber ich habe das Gefühl, du bist auf einem guten Weg." Pünktlich zum Wochenende meldete sich Sid nach Tagen der Abstinenz wieder zu Wort. Und das auch noch mit einem für seine Verhältnisse fast wie ein Lob klingenden Satz. Ich war überrascht. Und ertappte mich dabei, dass ich mich über das Lob eines Faultieres freute, das als Produkt meiner gestressten Fantasie in meinem Inneren plötzlich zum Leben erwacht war. Im Gegensatz zur Wartezeit, konnte ich Sid allerdings inzwischen vorbehaltlos annehmen. Und das war sicherlich auch ein Schritt in die richtige Richtung. Er war schließlich genauso wenig zu vermeiden wie das Warten.

„Das ist nett von dir", antwortete ich. „Ich habe mich tatsächlich auch angestrengt. Ich habe allerdings das Gefühl, auf ganzer Linie gescheitert zu sein. Ich bekomme immer noch Puls beim Warten. Es nervt mich nach wie vor."

„Das mag ja sein. Aber alleine die Erkenntnis wird dich weiterbringen", entgegnete Sid philosophisch. „Und du kannst deine über Jahre antrainierten Gewohnheiten auch nicht einfach abstellen. Das dauert eben. Und du musst ein Gesamtpaket schnüren, das für dich persönlich funktioniert. Es sind ja nicht alle Menschen gleich."

„Das war sehr weise gesprochen. Doch woher nimmst du plötzlich diese Erkenntnis?", wollte ich wissen. „Vor ein paar Tagen war dir noch nicht klar, was dein Erscheinen für einen Sinn hat. Und jetzt hört es sich für mich an, als wüsstest du sehr wohl, wie du mich unterstützen kannst."

„Auch wenn ich die letzten Tage nicht mit dir gesprochen habe, konnte ich dich und deine Mitmenschen in meinen wachen Phasen intensiv beobachten. Ich entwickle mich ja schließlich auch weiter. Und da fällt mir natürlich auch eine kleine Veränderung im Vergleich zu der Zeit davor auf."

Grundsätzlich war gegen diese Ausführungen nichts einzuwenden. Und doch war es etwas befremdlich, dass mich mein inneres Faultier beobachtete, mir mittlerweile sogar in kleine Rätsel verpackte Tipps gab und davon sprach, sich selbst weiterzuentwickeln. Irgendwann wollte ich das mal loswerden. Vielleicht würde ich irgendwann bereit sein, es meiner Frau zu erzählen. Doch davor hatte ich in diesem Moment noch Angst. Oder eher Angst vor der Reaktion auf diese Offenbarung.

„Ach ja, eines noch", ergänzte Sid und ich war gespannt auf einen weiteren Hinweis. „Ich weiß zwar nicht, ob du das irgendwie steuern kannst. Aber du träumst sehr verstörende Dinge. Wir beide, Seite an Seite beim Bäcker? Du hast echt einen an der Waffel. Ich kann nicht nachvollziehen, warum du dir so etwas vorstellst."

Und da war er wieder. Mein Mitbewohner in seiner altbewährten und direkten Art. Ich war ihm aber auch irgendwie dankbar für diesen Einwand. Sonst hätte ich ihn vielleicht zu sehr ins Herz geschlossen. Irgendwann würde er mich schließlich wieder verlassen. Das war mir mittlerweile klar.

Damit hatte er sich dann auch erst einmal wieder verabschiedet und ich dachte darüber nach, wie ich mich an diesem Wochenende vielleicht weiterentwickeln könnte. Mir war bewusst, dass ich nicht alles liegen und stehen lassen konnte, um ständig irgendwelche ausgefallenen oder sehr achtsamen Dinge zu tun. Doch ich machte mir Gedanken, was ich an diesem Wochenende zwingend zu erledigen hatte und was vielleicht noch etwas warten könnte. Bei nüchterner Betrachtung war es nicht so furchtbar viel, das überhaupt nicht aufzuschieben war. Da war der Rasen, doch das Mähen machte mir ja auch irgendwie Spaß und ich freute mich sogar darauf. Und Getränke holen, das war nötig. Aber sonst? Alles andere konnte entweder warten, oder war sogar so unnötig, dass ich in Erwägung zog, es komplett sein zu lassen. Zu der ersten Kategorie zählte die Ablage. So lange meine Schublade mit Dokumenten, Rechnungen etc. noch nicht völlig überquoll, war das tatsächlich noch nicht nötig. Und zur Not konnte ich auch nur einen Teil auf die Schnelle wegpacken. In die zweite Kategorie schob ich das Vorhaben, die Fassungen mit Glühbirnen im Keller gegen echte Lampen auszutauschen. Zumindest für den Rest des Sommers. Schließlich machten die Glühbirnen ja auch so hell.

Alles in allem hatte ich ein ziemlich gutes Gefühl mit meinem Plan und beschloss, an diesem Wochenende irgendetwas zu machen, was ich schon lange einmal tun wollte. Und es sollte etwas mit der Familie sein. Dafür wollte ich mir Zeit nehmen.

Ich dachte schon seit längerer Zeit darüber nach, mit meinem Sohn einen steilen Pfad auf einen Hügel hinaufzusteigen, auf dem wir als Kinder selbst regelmäßig waren. Ich wusste noch ungefähr wo es war, hatte auch schon von anderen gehört, dass es zwar etwas zugewachsen, aber noch einigermaßen begehbar war. Früher konnte man sich an Lianen festhalten, um nicht abzurutschen. Ich war plötzlich aufgeregt und konnte es kaum mehr erwarten.

„Meinst du, da kommen wir hoch?", fragte Esmee, als ich ihr und Luca freudestrahlend von meiner Idee erzählte. Ein bisschen mehr Begeisterung hätte ich schon erwartet, aber ich musste auch zugeben, normalerweise nicht derjenige zu sein, der aktiv solche Abenteuer vorschlug. Von daher wollte ich es einfach versuchen.

„Ich denke schon. Wir sollten es einfach ausprobieren, Umkehren können wir an jeder beliebigen Stelle."

Luca war eher der vorsichtige Typ und äußerte sich ebenfalls verhalten. Trotzdem machten wir uns auf den Weg und versuchten, den Dorfberg zu erklimmen. Der Einstieg war deutlich verwilderter als ich das in Erinnerung hatte. Es gab wohl nicht mehr so viele Kinder, die hier regelmäßig hochkletterten. Der Weg war auch viel steiler. Natürlich kam mir das nur so vor, wahrscheinlich weil ich keine 12 mehr war und über mein Handeln nachdachte. Ich wusste auch nicht genau, ob ich tatsächlich an der richtigen Stelle war, wollte aber keinen Rückzieher mehr machen. In meiner Erinnerung hingen viel mehr Lianen von den Bäumen, um sich daran nach oben zu hangeln. Grundsätzlich also nicht die beste Ausgangslage, doch das war ja eigentlich auch egal. Hauptsache, wir unternahmen etwas gemeinsam. Wir arbeiteten uns Meter für Meter nach oben. Ich ging voraus, Luca in der Mitte und meine Frau war hinten. Die erste Hälfte ging einigermaßen gut, wobei ich das mulmige Gefühl bezüglich des Abstieges nicht loswurde. In der zweiten Hälfte wurde der Weg noch etwas steiler und die Aufstiegshilfen in Form der Lianen deutlich weniger. In meiner Erinnerung gab es früher auch viel mehr Wurzeln, auf denen man sich gut abstützen konnte. Ich war selbst ziemlich unsicher und hatte mittlerweile kein gutes Gefühl mehr dabei.

„Ich glaube, mir wird das zu steil!", rief Luca hinter mir. Obwohl ich echt erleichtert war, vielleicht doch nicht ganz hochzumüssen, da mir der Weg schon lange zu

steil war, startete ich noch einen eher schwachen Über-
redungsversuch.

„Es ist doch nicht mehr weit. Wir schaffen das."

„Lieber nicht", antwortete Luca und auch Esmee fiel
wohl ein Stein vom Herzen.

Einen weiteren Versuch startete ich nicht. Wir bewegten uns, rutschend auf dem Hosenboden, Meter für
Meter bergab. Als es dann endlich flacher wurde,
rutschte Luca gut gelaunt das letzte Stückchen nach
unten und ich war froh, dass unser Abenteuer einen angenehmen Abschluss hatte, obwohl wir unser Ziel nicht
erreicht hatten. Ich war trotzdem zufrieden damit, an
diesem Tag etwas Neues ausprobiert zu haben. Also
neu in dem Sinne, dass ich normalerweise ja eher nicht
zu solchen Spontanaktionen neige und meistens den
Dingen nachging, die eben in meinen Augen zu tun waren.

Sid war am Ende des Tages nur teilweise mit mir zufrieden, was er mir aber freundlicherweise erst am Abend
mitteilte. Die Phase kurz vor dem Einschlafen hatte
sich wohl als beste Zeit für ein Zwiegespräch zwischen
mir und meinem inneren Faultier entwickelt.

„Das war ja kein schlechter Ansatz", meldete sich Sid
zu Wort und ließ den Satz unvollendet in meinem Kopf
stehen. Ich hasste es, wenn das jemand machte. Und
normalerweise tat ich meinem Gegenüber auch nicht
den Gefallen, ihn aufzufordern, eine Begründung für

die These nachzuliefern. Aber Sid war ja nicht irgendjemand und ich war auch interessiert an seinen weiteren Ausführungen.

„Aber?", wollte ich wissen und verzichtete auch meinerseits auf eine Begrüßungsfloskel. Wobei es das zwischen Sid und mir auch noch nie wirklich gegeben hatte. Vielleicht sollten wir das einführen. Ich nahm mir vor, bei passender Gelegenheit einen entsprechenden Vorschlag zu machen. Doch jetzt war der falsche Zeitpunkt. Ich war tatsächlich begierig auf Sids Einwände, da er sich ja mittlerweile wirklich Mühe gab, mir hilfreiche Ratschläge zu geben. Zumindest für seine Verhältnisse. Grundsätzlich hatten wir ja, was unsere Kommunikation betraf, nicht den besten Start. Und das zarte, aufkeimende Pflänzchen einer kooperativen und konstruktiven Diskussion wollte ich nicht durch das kritische Ansprechen von Rahmenbedingungen wieder kaputtmachen.

„Du musst aufpassen, dass du nicht nur in die typischen Achtsamkeitsthemen reinspringst."

Immerhin war das eine Antwort ohne Beleidigung. Das war ein Fortschritt. Trotzdem wusste ich nicht so recht, was das Faultier mir sagen wollte.

„Kannst du etwas präziser werden?", fragte ich daher.

„Mensch, muss ich dir alles vorkauen?", zischte Sid und ich musste mir innerlich auf die Zunge beißen, um ruhig zu bleiben. Das war nicht leicht, aber ich atmete tief durch und versuchte, eine freundliche Antwort zu finden.

„Sieht wohl so aus, du klugscheißendes Faultier."

Es war mir leider nicht gelungen. Merkwürdigerweise schien Sid das aber gar nicht zu stören. Vielleicht hätte ich ihn schon viel früher regelmäßig beleidigen sollen.

„Okay, dann eben nochmal ausführlicher für die Langsamen hier. Du hast das heute einerseits gar nicht schlecht gemacht. Habe ich dir ja schon gesagt. Du hast heute endlich spontan etwas unternommen, das du schon lange machen wolltest. Obwohl du auch mehrere, in deinen Augen sinnvollere, Pflichtaufgaben auf dem Programm hattest. Das würde ich als achtsam einstufen, weil du es geschafft hast, dass der Ausflug trotz Misserfolg allen Spaß machte. Du solltest dich allerdings an den eigentlichen Grund erinnern, der uns beide hier zusammengebracht hat. Was nicht heißen soll, dass so etwas wie dein Ausflug heute nicht mindestens genauso wichtig ist. Die Mischung wird am Ende ausschlaggebend sein."

„Wir müssen wieder lernen, den Müßiggang zu gehen", schoss es mir in den Kopf.

„Genau", bestätigte Sid.

„Ist das nicht dasselbe?", wollte ich wissen.

„Nicht zwangsläufig", gab Sid etwas kryptisch zurück und nötigte mich damit erneut zur Nachfrage. Und ich hasste es immer noch.

„Was meinst du damit? Nur so für die Langsamen unter uns", ergänzte ich unnötigerweise. Aber auch hier reagierte Sid nicht nachtragend. Er schien sich in seine Rolle eingefunden zu haben und sich in einer eher nachsichtig beratenden Funktion zu sehen. Ich wusste zwar nicht, ob ich das gut oder schlecht finden sollte, verschob die Analyse dieser Frage jedoch auf später.

„Der Müßiggang beinhaltet ja beispielsweise auch das bewusste Nichtstun. Und das Aushalten des Nichtstuns. Genauso wie die Dinge, die dir guttun."

„Jetzt wirst du aber philosophisch", antwortete ich und war mir im Klaren darüber, dass Sid recht hatte. Allerdings waren mir Zeiten, in denen ich nichts zu tun hatte, ein Greuel. Und ich hatte auch schlichtweg keine Ahnung, woher Sid nun wieder dieses Wissen über Definitionen des Müßiggangs nehmen wollte. Daher ergänzte ich natürlich noch die Frage nach diesem Punkt. Obwohl ich schon wusste, dass es unnötig war.

„Woher weißt du das eigentlich alles?"

„Das kann ich dir nicht wirklich beantworten. Ich spüre aber einen deutlichen Erkenntnisgewinn, je mehr Zeit ich in wachen Phasen verbringe und dich und deine Umwelt beobachte. Ich scheine wohl ein Autodidakt zu sein."

„Woher weißt du, was ein Autodidakt ist?"

„Habe ich dir doch eben erklärt. Aber bevor du wieder unnötig fragen musst: Ich lerne aus allem was ich sehe und höre dazu."

„Wie lange bist du denn mittlerweile durchschnittlich wach?", fragte ich aus ehrlichem Interesse.

„Ziemlich lange."

„Das ist sehr unpräzise."

„Ich habe keine Uhr."

„Siehst du meine denn nicht?"

„Jetzt werde mal nicht spitzfindig."

„Wieso spitzfindig?"

„Geht's dir um die Uhr oder den Müßiggang?"

„Da hast du wohl recht", das musste ich zugeben. Was mich ein wenig ärgerte, war die Tatsache, dass Sid mich regelmäßig rhetorisch an die Wand redete und das letzte Wort hatte. „Was soll ich deiner Meinung nach jetzt machen?"

„Mach dir mal Gedanken über den Müßiggang. Speziell über deinen persönlichen Müßiggang."

Der Müßiggang ist heutzutage als Begriff eher negativ besetzt. Wir wollen immer produktiv sein, immer sinnvolle und nützliche Dinge erledigen und prahlen eher nicht mit den Phasen, in denen wir nichts tun. Wir optimieren sogar in der Freizeit unseren Tagesablauf, was teilweise in massiven Freizeitstress ausartet. Wir verschieben alles, was wir nicht erledigen können, aufs Wochenende und erledigen dann diese Dinge, anstatt uns zu erholen, schöne Dinge zu tun oder einfach nichts zu tun. Eine mögliche Form des Müßiggangs kann nämlich auch das ganz bewusste Nichtstun sein. Wir sollten uns von dem Gedanken lösen, dass Müßiggang mit Faulheit gleichzusetzen ist. Ganz im Gegenteil. Unser Gehirn hat während des Nichtstuns jede Menge zu tun. Zeiten des Müßiggangs sind sogar Voraussetzung für Lernen und Kreativität. Das Gehirn kann sich gerade in diesen Phasen mit sich selbst beschäftigen. Es verarbeitet, was wir zuvor gelernt oder aufgeschnappt haben. So hat auch Newton das Gesetz der Schwerkraft während des Dösens unter einem Apfelbaum entdeckt.

Müßiggang fördert die Regeneration des Körpers. Der Blutdruck wird gesenkt, der Energiehaushalt verbessert und die Durchblutung gefördert.

Die größte Schwierigkeit scheint aber das Eingeständnis an sich selbst zu sein, sich diese Phasen auch bewusst zu gönnen und zu genießen.

(Unnützes oder wahlweise auch Klugscheißer-Wissen, Teil 10)

Kapitel 9

Bei Faultieren wächst das Fell verkehrt herum, vom Bauch zum Rücken. So kann das Regenwasser besser ablaufen.

Wir müssen wieder lernen, den Müßiggang zu gehen.
Es war Sonntagmorgen. Ich lag wach im Bett, Esmee und Luca schliefen noch. Das war die Phase, in der ich normalerweise über alles Mögliche nachdachte. Es war ruhig und ich hatte Zeit dazu. Meistens nutzte ich diese Gelegenheit, um meinen Tagesablauf zu planen oder überlegte was am restlichen Wochenende noch alles anstehen würde. Oft schaute ich gedanklich auch schon in die nächste Arbeitswoche. Als ich an diesem Morgen allerdings darüber nachdachte, mischte sich der Satz aus der Tageszeitung wieder unter meine Gedanken.

Wir müssen wieder lernen, den Müßiggang zu gehen.
Wahrscheinlich befeuert von Sids Aufforderung, ich sollte über den Müßiggang nachdenken. Und vielleicht auch zu einem kleinen Teil aufgrund meines Versuches in der vergangenen Woche, meine täglichen Routinen genauer zu beobachten.

Knapp eine Woche zuvor hatte ich Bekanntschaft mit meinem inneren Faultier gemacht. Völlig unfreiwillig.

Anfangs hatte ich mich ernsthaft dagegen wehren wollen, doch an diesem Morgen wurde mir schlagartig klar, dass es wohl höchste Zeit war. Zeit für Sid, Zeit zum Nachdenken und Rekapitulieren. Andere müssen da vielleicht nicht warten, bis ein Mitbewohner aus welchem Teil des Körpers auch immer, plötzlich auf sein Dasein aufmerksam macht. Tröstend für mich ist allerdings, dass es wahrscheinlich noch viel mehr Menschen gibt, bei denen das innere Faultier einfach zu langsam ist, um rechtzeitig vor einem Burnout oder Ähnlichem ein Lebenszeichen von sich zu geben. Wobei ich mich hier, auch bei nüchterner Betrachtung im Nachhinein, noch ziemlich weit von einem Burnout entfernt befand. Ich würde so etwas auch nicht ausschließlich auf die berufliche Belastung schieben. Ganz im Gegenteil. Es ist die Summe aller Dinge, die man versucht, unter einen Hut zu bringen. Wahrscheinlich haben die privaten Ansprüche, die man an sich selbst stellt, eine noch viel stärkere Auswirkung darauf. Wie bei fast allem, ist es auch hierbei sehr individuell. Es geht einfach darum, die Anzeichen einer drohenden Überlastung zu erkennen und gegenzusteuern. Wobei, einfach ist das ja meistens nicht. Sonst würde es ja jeder tun.

An diesem Morgen machte ich jedenfalls endgültig meinen Frieden mit Sid. Ich nahm seinen Hinweis ernst, schob die Gedanken an alles, was ich zu tun hatte beiseite und dachte tatsächlich über den Müßiggang nach. Gleichzeitig versuchte ich, eine Differenzierung zwischen Müßiggang und Achtsamkeit vorzunehmen. Zumindest für mich, denn ich war ja schließlich kein Spezialist. Ich fand den Begriff Achtsamkeit nie passend, für das, was er wohl ausdrücken sollte. Doch genau dafür gibt es jede Menge Seminare, Trainer, echte und selbsternannte Spezialisten und auch eine gewisse Lobby. Denn Achtsamkeit ist irgendwie schick. Impliziert es doch fast automatisch, dass der Achtsame im Normalfall ein sehr wichtiges und stressiges Umfeld hat, von dem er sich auf diese Weise erholen muss. Daher ist es auch gesellschaftlich legitim, für ein Achtsamkeitstraining nicht unerhebliche Summen zu verlangen. Mir war nie klar, wie ich mit einer antrainierten Achtsamkeit, meinen Seelenfrieden finden sollte. Ich hatte oft das Gefühl, dass gerade die zwanghafte Umsetzung von Achtsamkeitsritualen oder -techniken, den Achtsamen eher noch in zusätzlichen Stress versetzt. Jeder muss doch selbst wissen, welche Form und Intensität der Achtsamkeit das richtige Maß ist. Doch je länger ich darüber nachdachte, umso mehr wurde mir klar, dass es tatsächlich nicht schaden konnte, etwas Grundwissen darüber zu erlangen. Ich musste mir selbst eingestehen, dass es ganz ohne Informationen oder Erfahrungsberichte schwierig war, den richtigen Ansatz zu finden. Gerade in Kombination mit dem, was ich mittlerweile über den Müßiggang in Erfahrung gebracht hatte. Es war verzwickt, aber definitiv nicht un-lösbar. Von daher hat wohl vieles seine Berechtigung. Jeder entscheidet selbst.

Deshalb war ich an diesem Morgen überzeugt davon, dass zumindest für mich als Individuum, mit einer wahrscheinlich einzigartigen Kombination aus Stress, Resilienz und körperlichen sowie geistigen Reaktionen auf diese Faktoren, der Müßiggang, angereichert mit einer Prise Achtsamkeit, die richtige Wahl sein würde. Mit einzigartig wollte ich natürlich nicht sagen, dass meine Situation eine ganz besonders hervorzuhebende Situation war. Nein, ganz im Gegenteil. Jeder hat unterschiedliche Ansprüche an sich selbst, an seine Umgebung, genauso wie die Umgebung an die Person selbst. Es ist eben individuell. Und das war auch der Grund, warum ich mich immer gegen ein Achtsamkeitstraining gewehrt hatte. Was natürlich nicht heißen soll, dass es für andere nicht perfekt passen kann. Ich bevorzuge aber die spezifische Auseinandersetzung mit mir selbst. Vielleicht war auch das der Grund, dass Sid sich zu Wort gemeldet hat. Er konnte meine Ignoranz gegenüber meinem eigenen Wohlbefinden nicht länger ertragen.

Der Müßiggang war in diesem Fall also ein Thema, dass ich selbst auf mich zuschneiden wollte. Mit Hilfe meines inneren Faultieres natürlich. Ich kam zu dem Schluss, dass ich sehr intensiv auf meine innere Stimme hören sollte. Was aber gar nicht so einfach war. Denn neben der Stimme, die sich in Form von Sid auf befremdliche Art und Weise personifiziert hatte, gab es ja auch noch die Stimme in mir, die mich ständig an irgendwelche Pflichten erinnerte. Auf diese Stimme zu hören, war ja auch irgendwie normal. Jedenfalls für mich. Es musste ja alles gemacht werden. Ich musste also lernen, auf beide Stimmen zu hören und eine gesunde Mischung finden. Idealerweise würden sich die beiden miteinander absprechen, aber da hatte ich ehrlich gesagt wenig Hoffnung.

Im nächsten Schritt wollte ich nun herausfinden, was Müßiggang für mich bedeuten könnte. Im Hinterkopf hatte ich auch immer noch die generelle Zuordnung von Müßiggang zu Faulheit. Als ich nun an diesem Sonntagmorgen über all das nachdachte, kam mir auch in den Sinn, dass Achtsamkeit vielleicht doch nur ein anderes Wort für den Müßiggang sein könnte. Hauptsächlich, um dem Manager, der ins Achtsamkeitstraining kommen und viel Geld dafür bezahlen sollte, das Gegenteil zu signalisieren. Nein, du bist nicht faul. Du suchst nur Ausgleich für deinen furchtbar wichtigen und stressigen Tagesablauf. Nein, das ist nicht faul. Alles reine Spekulation und wahrscheinlich nur meine eigene Ausrede, nicht auf ein solches Seminar zu gehen. Ihr seht, ich war völlig hin- und hergerissen. Alleine schon die Definition für mich selbst zu finden, grenzte an eine nicht lösbare Aufgabe.

Aber völlig egal, wie man es nannte. Ich glaubte trotzdem, in den Begrifflichkeiten einen Unterschied zu erkennen. Ich war überzeugt, dass der Müßiggänger deutlich offener zu seinen Zeiten der Muße, des Genusses und des simplen Nichtstuns steht, als der Achtsame. Wie gesagt, reine Spekulation.

Wir müssen wieder lernen, den Müßiggang zu gehen.

„Genug philosophiert", sagte plötzlich Sid und riss mich damit etwas unsanft aus meinen Gedanken. „Jetzt ist es Zeit, endlich Taten folgen zu lassen."

Sid hatte recht und ich setzte mich auf die Bettkante. Sids plötzliches Erscheinen triggerte mich dahingehend, in völlig unentspannten Tatendrang zu verfallen. Als ich dann so dasaß, fragte ich mich, welche Taten ich jetzt konkret folgen lassen sollte. In meinem Kopf ratterte es unaufhörlich, solange, bis Sid mich schließlich unterbrach.

„Du hast es doch noch nicht kapiert", sagte er. Dieses Mal nicht beleidigend, sondern eher enttäuscht. Auf eine Beleidigung hätte ich wenigstens mit einer Gegenbeleidigung reagieren können. Doch die offensichtliche Enttäuschung beunruhigte mich. Ich hatte keine Ahnung, wie ich mit der Enttäuschung meines inneren Faultiers mir gegenüber umgehen sollte.

„Wie meinst du das?", wollte ich wissen.

„Du warst gerade so schön dabei, dir die richtigen Gedanken zu machen. Und nur, weil ich jetzt kurz den Job deines Über-Ichs übernommen habe, verfällst du in alte Muster."

„Woher kennst du das Über-Ich?"

„Lenk nicht ab", entgegnete Sid.

„Ich lenke nicht ab, das interessiert mich wirklich."

„Oh Mann, das tut ja eigentlich nichts zur Sache, aber da du scheinbar immer wieder Erklärungen für Irrelevantes brauchst, will ich mal nicht so sein. Auch wenn das meiner Meinung nach ebenfalls ein Grund dafür ist, dass du so gestresst bist. Du beschäftigst dich viel zu sehr mit Dingen, die dir eigentlich gepflegt am Arsch vorbeigehen könnten. Auf jeden Fall hast du irgendwann ein Führungskräftetraining mitgemacht, in dem es um solche Themen ging. Da habe ich das für mich mitgenommen, weil ich es ziemlich interessant fand. Du weißt ja, ich war auch gelegentlich wach, als du mich noch nicht wahrgenommen hast."

„Und du willst mir erzählen, ich kümmere mich zu sehr um Dinge, die mir egal sein könnten? Was zum Geier soll denn ein Faultier mit Freuds Ich-Zuständen anfangen?", forderte ich Sid heraus.

„Jetzt verliere ich aber langsam echt den Glauben daran, dass das mit dir nochmal irgendwann was wird", antwortete Sid, der mittlerweile wieder etwas genervt klang. „Wie sonst hätte ich denn gerade die Rolle deines Über-Ichs einnehmen sollen, wenn ich gar nicht wüsste, was das ist?"

„Ist ja gut", gab ich klein bei. „Eins zu null für dich."

„Oh nein, mein Freund", widersprach mir das Faultier. „Mittlerweile steht es mindestens schon zehn zu null." „Von mir aus", ich wollte nicht streiten. Bei dem Gedanken musste ich dann in mich hineingrinsen und obwohl Sid ja meine Gedanken lesen konnte, ließ er das im Nachgang trotzdem unkommentiert. Ich versuchte tatsächlich aktiv, einem Streit mit meinem inneren Faultier aus dem Weg zu gehen. Das war wieder einer der Momente, in denen ich nicht mehr mit Sicherheit sagen konnte, ob ich nicht doch gerade meinen Verstand verlor. Vielleicht hatte Sid ja im Laufe der Woche ein Gefühl dafür entwickelt, wann es passend war, einfach mal die Klappe zu halten. Jetzt war so ein Moment und er tat es tatsächlich.

„Okay", sagte ich nach einer kurzen Pause. „Was genau habe ich deiner Meinung nach falsch gemacht?"

„Du bist eben sofort in dein altes Muster verfallen. Ein kleiner Stupser, der dein etwas überdimensioniertes Pflichtbewusstsein triggert, bringt dich sofort dazu, handeln zu wollen. Obwohl du nicht einmal wusstest, was du eigentlich machen wolltest. Manchmal besteht die Stärke auch darin, nicht zu handeln."

„Das wird jetzt ein wenig abstrakt", antwortete ich diplomatischer als ich eigentlich wollte. Es könnte auch sein, dass mein Unterbewusstsein einen Instinkt dafür entwickelt hatte, wann Sid wieder irgendein Klugscheißer-Wissen platzieren könnte. Und es hatte recht, mein Unterbewusstsein.

„Wu-Wei heißt das Zauberwort."

„Du hast einen an der Waffel", entgegnete ich schon deutlich weniger diplomatisch. Was sollte denn das nun schon wieder sein. Wu-Wei?

„Ich will mal gnädig sein und es dir trotz deiner unangemessenen Reaktion erklären. Schließlich verfolge ich ja auch ein gewisses Eigeninteresse, um am Ende wieder meine Ruhe vor dir zu haben."

Sid machte eine dramatische Pause und legte wahrscheinlich, was ich natürlich nicht sehen konnte, seine Stirn in Falten, um wichtig auszusehen. Bei diesem Gedanken musste ich wieder grinsen und Sid ignorierte es auch dieses Mal.

„Wu-Wei ist ein Prinzip, das auf den chinesischen Philosophen Laotse zurückgeht. Der hat schon vor einer halben Ewigkeit festgestellt, dass wir in ständigen Aktionismus verfallen und uns das bewusste Nichtstun oft sehr schwerfällt. Doch manchmal führt gerade das zum Erfolg. Das taoistische Prinzip stellt eine innere Lebenshaltung dar, in der das Loslassen ein großer Bestandteil ist. Im Wu-Wei sollen unsere Handlungen an den Lauf der Dinge und der Natur angepasst sein. Wir sollen also nur handeln, wenn es nötig ist. Und manchmal nehmen die Dinge besser und entspannter ihren Lauf, wenn wir loslassen. Handeln durch Nicht-Handeln. Daher ist ja folgerichtig das Nichtstun nicht nur erlaubt, sondern manchmal auch die bessere Vorgehensweise. Aber das nur am Rande, letztendlich geht's ja bei dir primär darum, den bewussten Müßiggang zu erlernen, um dir den Stress zu nehmen. Wenn du über das Wu-Wei oder Laotse an sich mehr wissen willst, gibt's bestimmt auch was zum Nachlesen."

Nach dieser kurzen Abhandlung meines inneren Faultieres verzichtete ich dieses Mal auf die Nachfrage, woher es das nun schon wieder wusste und beschränkte mich darauf, einfach nur beeindruckt zu sein. Ich war nicht nur beeindruckt, dass Sid das wusste, sondern vielmehr von der sich allmählich einstellenden Erkenntnis, dass der Schlüssel am Ende tatsächlich im Müßiggang liegen könnte. Denn irgendwie schien ja alles, egal wie man es nannte, in dieselbe Richtung zu laufen. Und da passte das Prinzip des Loslassens auch wieder perfekt dazu. Es festigte sich der Gedanke in mir, dass nur eine ausgewogene Mischung aus Handeln und Müßiggang letztendlich auch zu etwas führen würde, das man neudeutsch wohl Work Life Balance nennt. Doch mir war immer noch nicht klar, wie ich das auch in meinen Kopf bekommen sollte. Oder vielmehr irgendwann den Drang des ständigen Erledigens, temporär durch eine Zeit der Muße, in der ich auch einfach mal nichts tun würde, ersetzen könnte.

Plötzlich fiel mir ein, dass ich das mit diesem Handeln durch Nicht-Handeln schon mal auf irgendeinem Seminar oder Training gehört hatte. Wie sonst hätte Sid davon wissen können? Ich versuchte, dieses Eingeständnis jedoch für mich zu behalten. Noch mehr Erfolgserlebnisse wären sicher nicht gut für Sids eh schon sehr stark ausgeprägtes Ego gewesen. Natürlich war mir klar, dass ich nur in einer Phase, in der Sid wieder schlief, eine Informationsweitergabe verhindern konnte. Ich hatte wohl Glück. Zumindest rieb mir Sid meine Erkenntnis zu einem späteren Zeitpunkt nicht unter die Nase.

Das Tao Te King ist eine Sammlung von Spruchkapiteln des chinesischen Philosophen Laotse, der im 6. Jahrhundert v. Chr. gelebt haben soll. Laotse gilt als Begründer des Daoismus. Mittlerweile gibt es unzählige Übersetzungen und Deutungen seiner Schrift. Laotse ist der Legende nach, nachdem er seine Weisheiten niedergeschrieben hatte, nach Westen verschwunden. Das Tao Te King (oder: Daodejing) enthält eine humanistische Staatslehre mit dem Ziel eines harmonischen Zusammenlebens.

(Unnützes oder wahlweise auch Klugscheißer-Wissen, Teil 11)

Kapitel 10

Im Fell von Faultieren leben dank Kotresten toter Motten und der hohen Luftfeuchtigkeit im Regenwald nicht nur Milben, Zecken, Käfer und Falter, sondern es wachsen auch Grünalgen.

Wir müssen wieder lernen, den Müßiggang zu gehen.
Nachdem Sid mich quasi wachgerüttelt, sich selbst wieder schlafen gelegt und ich mich ins Bad bewegt hatte, nahm ich mir vor, mein neues Mantra an diesem Sonntag intensiv auszuleben. Sid hatte mir noch nahegelegt, einfach mal verschiedene Situationen genau zu beobachten und vor allem auch herbeizuführen, um mich zu vergewissern, welche Art von Müßiggang für mich die richtige wäre. Zugegebenermaßen war mir nicht vollumfänglich klar, wie er das meinte und noch weniger war mir klar, wie ich das anstellen sollte. Und doch war es so, dass ich Sid mittlerweile vertraute. Auch wenn ich mich während der letzten Woche immer wieder gefragt hatte, was er mir eigentlich sagen wollte, war es doch meistens so gewesen, dass es im Nachhinein einen Sinn ergab. Von daher nahm ich mir vor, mich einfach treiben zu lassen. Und das war für mich schon ein ganz gewaltiger Schritt. Sich einfach treiben

lassen, zählte definitiv nicht zu meinen ausgemachten Stärken.

Ich sollte mich weitestgehend alleine durch die Woche schlagen und Sid wollte sich auch nur noch in wenigen Momenten mit mir in Verbindung setzen, um die ein oder andere erlebte Situation zu reflektieren. Ich war sehr gespannt und auch ein bisschen aufgeregt.

Da ich an diesem Morgen recht früh dran war, schlief der Rest der Familie noch. Das war ungewöhnlich, normalerweise war zumindest Esmee schon wach, wenn ich aufstand. Und schon kam mir in den Sinn, ich könnte ja die Zeit vielleicht doch noch für etwas Sinnvolles nutzen. Wäre Sid diese Woche nicht in meinem Leben aufgetaucht, hätte ich auch sicher etwas gefunden, dass ich noch auf die Schnelle hätte erledigen können. Doch nicht an diesem Tag. Ich schob den Gedanken beiseite und schaute aus dem Fenster. Der Himmel war klar, die Sonne schien und ich beschloss, die Fahrt zum Bäcker an diesem Morgen etwas auszudehnen. Seit ein paar Wochen war ich stolzer Besitzer eines Klapprades. Ein wunderbares Geschenk meiner Frau. Ich hatte schon lange mit dem Gedanken gespielt, ein Klapprad zu kaufen. Oder vielleicht auch ein Bonanza-Rad, doch die waren mittlerweile schier unerschwinglich. Und da ich solche Sachen über Jahre hinauszögern kann, hat Esmee das in die Hand genommen. Ein originales Klapprad aus den 70ern oder 80ern. So genau konnte man das gar nicht mehr nachvollziehen. War aber auch egal, denn es hatte etwas Entschleunigendes, sich auf so einem Gefährt fortzubewegen. Und da ich an diesem Morgen ein wenig Zeit für mich hatte, wollte ich dieses Geschenk annehmen und die Extrazeit auf meinem Klapprad verbringen. Ich hatte es zwar für mich noch nicht so eingestuft, doch das Fahren mit dem Klapprad war vielleicht schon vor Sids Auftauchen eine ganz kurze Zeit des Müßiggangs gewesen. Denn es passierten schon außergewöhnliche Dinge auf so einem Fortbewegungsmittel.

Mein Klapprad hatte nämlich auch eine Auswirkung auf die Menschen, die ich morgens auf dem Weg zum Bäcker traf. Es zauberte so gut wie jedem ein Lächeln ins Gesicht und Menschen winkten mir zu, die ich gar nicht oder nur flüchtig kannte. Allein schon diese eine Sache machte die Fahrt zum Erlebnis. Man kam sogar wegen des Klapprades ins Gespräch. Viele Menschen erinnerten sich plötzlich an das eigene Klapprad-Erlebnis aus der Kindheit und waren ganz begeistert, endlich wieder eines zu sehen.

Für mich war das generell ein toller Start in den Tag. Die Luft kam mir an diesem Morgen außergewöhnlich frisch vor und ich radelte durch unser Neubaugebiet. Ich schaute nach dem Baufortschritt der ersten neuen Häuser und erfreute mich tatsächlich über das eigentlich sinnlose Fahren eines Umwegs. Es war ja auch kein Sport, es war einfach nur fahren. Und plötzlich erschien mir das gar nicht mehr so sinnlos. Es war, wie man es so schön neudeutsch ausdrückte, Quality Time. Ich hatte etwas davon. Ich genoss die Zeit mit mir selbst und das kam ziemlich selten vor. Es fühlte sich richtig an. Es kam mir kein Gedanke an verschwendete Zeit in den Sinn.

Ich führte natürlich auch keine Selbstgespräche mit mir. Zumindest nicht absichtlich. Das passierte mir eigentlich nur, wenn mich Sid überraschend aus der Fassung brachte. Allerdings konnte ich in diesem Moment das erste Mal bewusst die Zeit mit mir alleine genießen. Und zwar ohne einen Termin im Nacken zu haben, ohne den Drang zu verspüren, besser fünf Minuten früher als später nach Hause zu kommen oder sonst irgendetwas, das mir Druck machte. Ich war entspannt. Ich rollte mit meinem Klapprad gemütlich vor mich hin und mir fiel auf, dass ich tatsächlich an gar nichts Bestimmtes dachte. Ich schaute mich um und sog einfach nur meine Umgebung in mich auf. Ich konzentrierte mich auf den Moment. Ich nahm plötzlich wahr, wie die alten Felgen meines Klapprades eine leichte Unwucht hatten. Ich spürte dadurch ein leichtes Schaukeln unter meinem Hintern, was mir wiederum ein Lächeln ins Gesicht zauberte. Ich war völlig uneingeschränkt bei dem, was ich in diesem Moment tat. Ich fuhr Fahrrad. Ich saß auf meinem Sattel und fuhr tatsächlich nur Fahrrad. Kein Planen von nachfolgenden Aktivitäten, kein Hetzen, kein Stress. Natürlich wusste ich, dass dieser Zustand zeitlich begrenzt war. Aber er war äußerst wertvoll. Dadurch hatte ich eine erste Ahnung davon, was es heißen kann, entspannte Momente zu erleben und zu genießen, indem man gedanklich nur bei der einen Sache war. Es war herrlich.

Ich denke, mit etwas Abstand betrachtet, überstand ich dank dieses überaus positiven Erlebnisses die Wartezeit beim Bäcker völlig ohne pulsierende Halsschlagader. Und das gelang mir sogar trotz aus meiner Sicht unnötiger Gespräche zwischen Kunde und Verkäuferin direkt vor mir. Das beflügelte mich in meinem Vorhaben, die kommende Woche und speziell auch diesen Tag dazu zu nutzen, aktiv auf den Müßiggang zu achten. An diesem Morgen hatte ich tatsächlich das Gefühl, den Müßiggang zu gehen. Nicht sehr lange, aber es war ein Anfang. Und daher überlegte ich mir auf dem Heimweg, was ich denn diese Woche noch so alles als Müßiggang einschieben könnte. Und vor allem auch, was Müßiggang aus meiner Sicht überhaupt alles sein könnte.

Während der Überlegung wurde mir klar, dass ja eigentlich sogar Sport eine Form des Müßiggangs sein könnte. Schließlich gebe ich mich ja dem Wortstamm nach der Muße hin. Und wenn mir nach Sport ist, bewege ich mich zwar alles andere als gemütlich, konnte aber in diesem Moment auch das für mich als Müßiggang einstufen. Doch das war nicht mein primäres Ziel. Sport machte ich ja eh. Mal mehr, mal weniger. Ich kam allerdings zu der Überzeugung, dass ich meine Herangehensweise an den Sport etwas verändern sollte. Ich hatte oft Stress, bis ich endlich in Lauf- oder Radklamotten vor der Tür stand, da ich den Sport immer irgendwie dazwischenschob. Doch das war, wie schon erwähnt, eine hoffentlich leichte und angenehme Aufgabe, von der ich überzeugt war, sie lösen zu können. Ich wollte daher zuerst mit Esmee reden, ob der Stress, den ich mir machte, meinen Sport in ein genau festgelegtes Zeitfenster zu pressen, überhaupt nötig war. Ich ging davon aus, dass es so von mir erwartet wurde. Aber war das wirklich so?

Auf jeden Fall fielen mir bei der Heimfahrt tatsächlich ein paar Dinge ein, die ich mit dem Müßiggang in Verbindung brachte. Dinge, von denen ich glaubte, sie könnten aktiv zu meiner Entspannung beitragen. Vielleicht würde ich ja sogar das Glück haben, dass Esmee meine Ansätze erkannte und die Fortschritte ihren Ratschlägen zur Achtsamkeit gutschrieb. Dann hätte ich zwei Fliegen mit einer Klappe geschlagen. Ich wäre entspannt, weil ich dem Müßiggang frönte. Esmee wäre ebenfalls entspannt, da sie denken würde, ich hätte endlich auf sie gehört und mir ihre Ratschläge zu Herzen genommen. Was ich wahrscheinlich ja auch unterbewusst gemacht hatte, denn von ganz alleine würden sich die Erkenntnisse auch nicht eingestellt haben.

Wie es letztendlich soweit kam, würde am Ende auch nicht von Bedeutung sein. Und die Antwort auf die

Frage, ob ich tatsächlich irgendwann bereit sein würde, in vollem Umfang über diese ereignisreiche Phase meines Lebens zu reden, sollte erst einmal unbeantwortet bleiben. Also inklusive der Begegnung mit Sid. Eigentlich konnte ich das niemandem erzählen. Es war mir ja selbst ein Rätsel, wie ich es angestellt hatte, meine innere Stimme derart zu personifizieren.

Für den Start in den Tag war ich jedenfalls sehr zufrieden. Ich nahm mir vor, irgendwann später an diesem Sonntag die Reifen noch etwas aufzupumpen, die Kette zu ölen und vielleicht sogar noch eine kleine Probefahrt nach erfolgreicher Wartung durchzuführen. Ich kam fröhlich zu Hause an und machte gutgelaunt das Frühstück. Der Tag konnte kommen.

Jedes Jahr findet übrigens in Kranjska Gora in Slowenien das alljährliche Goni Pony statt. Wer an diesem Rennen teilnehmen will, muss auf dem originalen Pony fahren – einem legendären Eingang-Klapprad aus dem ehemaligen Jugoslawien. Es gelten für alle einheitliche Bedingungen. Tuning ist strengstens untersagt. Technisch gesehen muss sich das Vehikel in unverändertem Zustand befinden. Optische Anpassungen sind selbstverständlich erlaubt, ja sogar erwünscht. Über 1.300 kostümierte Radler erklimmen ohne Schalthilfe, fahrend oder schiebend, den Vrsic Pass, der immerhin auf 1.611 Metern Höhe liegt. Der höchste, für den allgemeinen Kraftverkehr befahrbare, Gebirgspass des Landes. Der Weg führt über 50

Haarnadelkurven stetig nach oben. Teilweise mit Kopfsteinpflaster. Insgesamt überwinden die Fahrer und Fahrerinnen 13,5 Kilometer, 801 Höhenmeter mit einem 20 Zoll Klapprad und einem Gang. Der tatsächliche Höhepunkt findet allerdings nach dem eigentlichen Rennen statt. Die Talfahrt. Im Pulk, zwischen Gleichverrückten auf wackeligen Klapprädern, kommt bei den Teilnehmern wieder das Kind an die Oberfläche. Wer erinnert sich als Ü40er nicht an das Klapprad in der Jugend. Im Gegensatz zu den High-Tech-Hydraulikbremsen am Mountainbike hat man hier mit einer überhitzten Rücktrittbremse zu kämpfen, die nach und nach an Bremskraft verliert. Alles in Allem, trotz aller Strapazen, ein Heidenspaß. Und ganz nebenbei, eine sehr aktive Variante des Müßiggangs. Zumindest für den einen oder die andere.

(Unnützes oder wahlweise auch Klugscheißer-Wissen, Teil 12)

Kapitel 11

Die Körpertemperatur eines Faultiers liegt bei 33 °C und sinkt nachts auf 24 °C ab.

Trotz des sehr entspannten Starts in den Tag spürte ich nach dem Frühstück eine kontinuierlich steigende Unruhe in mir aufkommen. Das Frühstück war sehr harmonisch, es stand kein Pflichttermin für den restlichen Tag an. Ich konnte mir dieses unwohle Gefühl überhaupt nicht erklären. Ich hatte doch nur vor, ein entsprechendes Zeitfenster für das aktive Nichtstun oder den Müßiggang zu finden.

„Genau da liegt ja wieder dein Problem", mischte sich Sid völlig überraschend und natürlich ungefragt ein, während ich etwas planlos durch den Garten schlenderte und dabei nicht das Gefühl aufkam, mit dem ich eigentlich rechnete. Ich hätte in meinen Augen schließlich maximal entspannt sein müssen. Wahrscheinlich war das auch der Grund, warum Sid, entgegen seiner Ankündigung, so schnell wieder zurück war.

„Wie meinst du das?", fragte ich.

„Du bist überhaupt nicht entspannt."

„Natürlich bin ich entspannt", fauchte ich innerlich zurück, spürte wieder einmal meine Halsschlagader pochen und musste zugeben, dass Sid schon wieder recht hatte. Ich wusste nur nicht warum. Ich hatte absolut keine Erklärung. Es war wohl doch nicht so einfach, den Müßiggang zu gehen.

„Bist du nicht", ergänzte Sid unnötigerweise, aber wenigstens sehr ruhig. Er schien, im Gegensatz zu mir, sehr entspannt zu sein. Und das war ja nicht schon immer so. Auch wenn das auf eine verstörende Art erniedrigend war, schien Sid Geduld mit mir zu haben. Die Situation war an Kuriosität kaum zu überbieten. Ich hatte ein inneres Faultier, das Geduld mit mir hatte. Wie abstrus könnte das alles eigentlich noch werden? Ich hatte keine Antwort darauf und beschloss einmal mehr, die Dinge einfach laufen zu lassen. Ich sollte doch wirklich in der Lage sein, ohne fremde Hilfe einen halbwegs vernünftigen Grad an innerer Ruhe zu finden. Wobei ja auch das wieder nicht richtig war. Ich hatte ja bereits Hilfe. Von Sid.

„Gut, ich bin nicht entspannt", gab ich zu. „Bist du nur aufgetaucht, um mir das mitzuteilen, oder hast du einen Rat für mich? Ich weiß nämlich nicht, warum das so ist."

Die Frage war vielleicht etwas gereizt gestellt, zeigte mir aber, dass Sid wohl nicht ohne Grund aufgetaucht war.

„Also gut, ich will ja mal nicht so sein", begann Sid für meinen Geschmack etwas zu gönnerhaft mit seiner Ausführung zur Lösung meines Entspannungsproblems. Doch ich hielt meine Gedanken dazu zurück.

Was mich wiederum zu einem Schmunzeln veranlasste, denn scheinbar konnte ich mittlerweile tatsächlich auch meinen Mund gegenüber meiner inneren Stimme in Form von Sid halten. Beim letzten Mal war ich mir da noch nicht so sicher. Immerhin, das war wenigstens ein kleines Erfolgserlebnis.

„Du suchst viel zu verbissen nach Möglichkeiten zum Gehen des Müßiggangs. Du kannst doch nicht ernsthaft mit einer nachhaltigen Entspannung rechnen, solange du völlig unentspannt nach der Entspannung suchst."

Sid hielt kurz inne, fügte dann hinzu: „Das war jetzt etwas viel Entspannung in einem Satz", und lachte. Mein inneres Faultier lachte in mir. Soviel zum Thema, es könnte nicht noch abstruser werden. Ich wollte in Zukunft versuchen, auf solche Formulierungen zu verzichten. Es kam ja bisher immer noch etwas nach. Aber ein lachendes Faultier in meinem Inneren? Immerhin war ich schon so weit, dass ich Sids Anmerkung witzig fand und in sein Lachen mit einstimmte. Das gefiel ihm scheinbar. Hat er zwar nicht gesagt, aber ich spürte das irgendwie.

„Okay, ich denke, ich habe deinen Hinweis verstanden", antwortete ich und sah im Augenwinkel, dass Esmee am Fenster stand und mich äußerst kritisch beobachtete. Da wurde mir klar, dass ich es zwar geschafft hatte, meine Gedanken vor Sid zu verbergen. Zumindest redete ich mir das erfolgreich ein. Gelacht hatte ich allerdings lauthals im Garten, für alle gut hörbar und ohne einen erkennbaren Grund. Ich hatte keine Ahnung, wie lange Esmee mich schon beobachtete. Aber wahrscheinlich lange genug, um sich Fragen zu stellen, die ich nicht beantworten konnte. Und das sicherlich nicht zum ersten Mal in letzter Zeit. Ich hob die Hand, um ihr zuzuwinken. Was anderes fiel mir nicht ein. Sie winkte mit versteinerter Miene zaghaft zurück und mir wurde klar, dass ich mir schleunigst eine Erklärung einfallen lassen sollte. Aber zuerst musste ich das Gespräch mit Sid abschließen.

„Du meinst, ich sollte nicht danach suchen, sondern einfach zugreifen, wenn sich die Möglichkeit ergibt."

„Zumindest so ähnlich. Das ist immerhin ein Ansatz", war die erneut eher mäßig zustimmende Antwort. „Du solltest eine Mischung aus beidem anstreben. Du kannst dir schon vornehmen, zu einem bestimmten Zeitpunkt den Müßiggang zu gehen. Aber dazu solltest du eben schon etwas im Hinterkopf haben. Sonst hast du ja schon wieder Stress, während du nach etwas suchst."

„Verstehe", gab ich zurück und war tatsächlich überrascht ob der doch sehr einfach gestalteten Erklärung. Und trotzdem traf sie den Nagel präzise auf den Kopf. In der Theorie war es demzufolge nicht wirklich kompliziert. Doch wahrscheinlich lag auch hier die Schwierigkeit im eigentlichen Tun. Ich musste einen Weg finden, wie ich am Ende meinen Kopf frei bekam, sobald sich der Müßiggang anbot. Bisher scheiterte ich immer schon daran, überhaupt für ein aktives Nichtstun offen zu sein. Das war eine große Umstellung für mich. Nichtstun war jahrelang der Todfeind und Müßiggang ein undenkbares Unterfangen. Und genau mit diesem Todfeind sollte ich nun meinen Frieden schließen? Mir wurde klar, dass genau das der Ansatz war. Doch das musste ich wohl erst üben. Seine Gewohnheiten abzulegen oder zu verändern war bekanntermaßen nicht einfach. Schließlich soll der Mensch ja ein Gewohnheitstier sein.

Sid hatte sich mittlerweile wieder verabschiedet und mich mit dem anstehenden Erklärungsversuch bezüglich meiner lachenden Entgleisung während des Umherschreitens im Garten alleine zurückgelassen. Das war aber wahrscheinlich auch gut so.

Und plötzlich stieg mir der Geruch von Marihuana in die Nase. Also der Geruch von in einem Joint verbrennenden Marihuana. Das war meine Rettung. Diesen Geruch hatten wir kürzlich schon einmal im Garten. Und da hatte Esmee es ebenfalls gerochen. Wir konnten allerdings nicht feststellen, wer jetzt der Nachbar mit den Drogen war. Es hatte damals für große Erheiterung gesorgt, als wir uns durch den Garten schnüffelten, um den Verursacher ausfindig zu machen. Ich lief an die Terrassentür und riss sie mit Schwung auf.

„Esmee!", rief ich. „Komm, schnell. Die Nachbarn kiffen wieder."

„Echt?", fragte Esmee zurück und lief direkt in meine Richtung. „Hast du deshalb so gelacht?"

„Klar, warum denn sonst?", stellte ich die Gegenfrage und war extrem erleichtert, dass es nun doch so einfach gewesen war. Es gab Momente im Leben, da retten Drogen einem die Haut. Oder wahlweise auch ein Faultier, sollte Sid mit seiner Therapie am Ende Erfolg haben. Esmee war die Erleichterung deutlich anzusehen.

„Ich dachte echt, du drehst langsam durch. Das Sprechen mit dem Spiegel, die komischen Kommentare zwischendurch. Naja, egal. Ich habe mich ja zum Glück getäuscht. Jetzt lass uns schauen, ob wir heute die Kiffer finden."

„Wenn du wüsstest", dachte ich. Der Definition meiner Frau zufolge, war ich eigentlich schon lange am Durchdrehen. Womöglich würde sie mich zwangseinweisen lassen, wenn sie die ganze Geschichte kennen würde. Wahrscheinlich hätte ich andersrum genauso reagiert. Wer hätte schon spontan Verständnis, wenn sein Partner plötzlich mit einem inneren Faultier sprechen und auch noch auf es hören würde?

Wir bewegten uns lautlos und schnüffelnd durch den Garten. Wir liefen die Grenzen unseres Grundstücks ab, steckten die Köpfe in die Hecke und wechselten wahllos die Richtung. Die Quelle des Geruchs wechselte gefühlt mehrfach den Standort und so waren wir schon wieder nicht in der Lage, die kiffenden Nachbarn zu entlarven, um uns bei der nächsten Runde dazusetzen zu können. Aber eine Nachricht in die nachbarschaftliche WhatsApp-Gruppe erschien mir nicht angebracht. Allerdings war nun eine Erklärung unserem Sohn gegenüber fällig, der aus seinem Fenster in den Garten schaute. Wir hatten keine Ahnung, wie lange er uns schon zusah. Ich hoffte nur, er hatte mich nicht auch noch lachen sehen. So waren wir wenigstens beide in Erklärungsnot und ich überließ das Auflösen der Situation meiner Frau. Da auch später am Tag keine hartnäckigen Fragen mehr kamen, konnte sie das wohl nachvollziehbar aufklären.

Ich ließ den Tag laufen und machte einfach, was so von ganz alleine auf mich zukam. Ich erledigte auch ein paar vermeintlich sinnvolle Dinge und plötzlich fiel mir der neue Weinprospekt meines Lieblingsweinlieferanten in die Hände.

„Ist der Prospekt schon länger da?", fragte ich Esmee, die gerade in den unendlichen Weiten des Internets unterwegs war, um die perfekten Turnschuhe für Luca zu finden. Das konnte dauern. Schließlich sollte man keinesfalls bestellen, bevor man nicht wirklich alle Turnschuhe des ganzen Universums miteinander verglichen hatte.

„Der ist schon vor ein paar Tagen gekommen", antwortete sie und ich wusste in diesem Moment, dass mich der Moment des Müßiggangs nun ganz von selbst gefunden hatte. Ich musste nur zugreifen. Und das tat ich.

Ich schnappte mir den Prospekt und setzte mich damit auf die Terrasse. Als ich gerade anfangen wollte zu lesen, kam mir ein für mich völlig verrückter Gedanke. Ich stand auf, versuchte das breite Grinsen während des Durchschreitens des Wohnzimmers zu unterdrücken und ging in den Keller. Ich suchte mir aus meinem mittlerweile beachtlichen Weinvorrat eine gut gekühlte Flasche Weißwein aus und holte mir aus der Küche ein Glas. Ich sah im Augenwinkel, dass Esmee mich beobachtete. Sie sagte aber nichts. Ich ließ es ebenfalls unkommentiert und goss mir ein Gläschen ein.

Zurück auf der Terrasse griff ich mir meine Weinlektüre erneut, nippte an meinem regionalen Weißburgunder und hielt kurz inne. Es war ein Moment, als würde die Zeit stehen bleiben. Das klingt jetzt vielleicht etwas theatralisch oder weit hergeholt. Doch gemessen an diesem gewaltigen Schritt, den ich gerade im Begriff war zu tun, bitte ich um Nachsicht bezüglich der Formulierung.

Ich saß auf der Terrasse und hatte den Kopf völlig frei. Ich war einfach nur auf der Terrasse, mit meinem Wein und dem Prospekt. Da war nichts anderes. Kein nahender Termin, keine unerledigte Aufgabe. Natürlich gab es beides, doch nichts davon schaffte den Weg in meine Gedanken. Ähnlich wie bei der Fahrt mit dem Klapprad, nur noch etwas intensiver. Ich konzentrierte mich auf die Reaktion meiner Geschmacksnerven, während der Wein wie in Zeitlupe meine Zunge umspülte. Es war wie eine Auszeit vom Alltag. Ich genoss diesen Moment uneingeschränkt. Und das kam sehr selten vor. Es war ein schier unfassbares Erlebnis, so allumfassend bei einer scheinbar belanglosen Sache zu sein. Doch so belanglos war es nicht. Genau genommen war es sogar der Schlüssel. Der Schlüssel, der die Tür des Müßiggangs für mich endgültig öffnen konnte. Ich hatte nun eine ungefähre Vorstellung davon, was der Schöpfer dieses Satzes wohl damit gemeint haben könnte.

Wir müssen wieder lernen, den Müßiggang zu gehen.

Ich hatte es definitiv verlernt. Vielmehr konnte ich mich nicht daran erinnern, dass ich jemals bewusst dieses Wort für irgendeine Zeitspanne verwendet hätte. Es gab mal diese Zeit, in der mir ziemlich viel egal war. Das war auch auf eine bestimmte Weise entspannt. Doch da hatte ich auch noch keine Verantwortung für irgendwas. Jedenfalls wurde mir klar, dass der Schlüssel tatsächlich darin lag, sich darauf einzulassen. Wie auf einen guten Freund. Ich bin mittlerweile überzeugt davon, dass viele von uns den Müßiggang auf dem Weg ins Erwachsenenalter einfach vergessen haben. Wir waren zu beschäftigt.

Als die Zeit dann wieder ihren Lauf nahm, der Nachgeschmack des Weißburgunders an meinem Gaumen haftete und ich die vielen poetischen Beschreibungen der neuesten Weinangebote durchstöberte, hielt dieses Gefühl an. Es war, als würde ich mich, losgelöst von meinem Alltag, an einem magischen Ort aufhalten. Ich befand mich auf einer Zeitinsel, die in diesem Moment nur mir ganz alleine gehörte. Ich wusste nicht genau, wie ich es in Worte fassen könnte. Doch das war auch gar nicht nötig. Ich war einfach nur bei dem was ich tat. Mit meiner vollen Aufmerksamkeit, mit all meinen Sinnen. Ich hatte sogar die Muße, die Geschichte über ein Weingut im Süden von Italien zu lesen, dessen Name übersetzt „Turm der Winde" hieß. Dafür hatte ich noch nie Zeit. Nein, falsch. Dafür hatte ich mir noch nie Zeit genommen. Denn genau das war ja das Problem. Die Zeit war da, es kam eben nur darauf an, wie man sie nutzte und die Prioritäten setzte.

Neben der Erkenntnis, dass ich es selbst in der Hand hatte, mich genau diesen Dingen hinzugeben, endete mein vielleicht erster echter Müßiggang damit, dass ich trotz eines gut gefüllten Weinkellers für über 100€ Wein bestellte. Aber hey, ab 100€ war die Lieferung versandkostenfrei und es gab zwei Rotweingläser dazu. Was sollte ich da also tun?

Am Ende des Tages war ich mehr als zufrieden. Ich hatte es geschafft. Mein erster bewusster Müßiggang. Mal abgesehen von der Runde auf dem Klapprad. Ich war stolz auf mich. Was mich allerdings etwas verstörte, war die Tatsache, dass ich tatsächlich darauf wartete, ob Sid sich melden würde. Ich wollte wissen, ob er auch stolz auf mich war. Doch ich hörte an diesem Tag nichts mehr von ihm. Was mich dann allerdings am Ende des Tages wirklich noch freute, war die Reaktion von Esmee. Damit hatte ich ehrlich gesagt überhaupt nicht gerechnet.

„Ich bin stolz auf dich", sagte sie.

„Wie meinst du das?", fragte ich sicherheitshalber nochmal nach. Vielleicht war da ja ein Haken.

„Du hast dir heute endlich Zeit genommen. Du hast dich entspannt."

„Ja, das habe ich", antwortete ich zufrieden, bevor sie noch etwas völlig Unnötiges hinterherschob. Aber das musste ja kommen. Obwohl, eigentlich wollte ich es so. Zwei Fliegen mit einer Klappe.

„Jetzt hat mein Drängen, du solltest etwas achtsamer mit dir sein, doch noch gefruchtet."

Im Grunde war es ja Sid. Und es war, zumindest in meinen Augen, nicht Achtsamkeit, sondern der Müßiggang, aber das konnte ich ihr ja so nicht sagen. Immerhin gab Esmee mir noch ihren Segen zur überflüssigen Aufstockung des Weinvorrates. Drei Fliegen...

„Da sehe ich dir sogar die unnötige Weinbestellung nach."

Was ohne viel Aufwand zu maximalen Genussmomenten verhelfen kann, ist die klassische Pärchenbildung von Wein und Käse. Es gibt trotz aller Trends kaum einen charmanteren Begleiter zu einem Wein als Käse. Das behaupten zumindest viele Quellen unabhängig voneinander und persönlich kann ich dem auch nur zustimmen. Allerdings sollten Wein und Käse zueinander passen. Für den Anfänger reichen erstmal grundlegende Kenntnisse. Wein und Käse sollten aus derselben Region sein. Käse mit einem leichten Aroma passt gut zu Weißwein. Ein körperreicher Rotwein mit wahrnehmbaren Tanninen kann gut mit einem kräftigen Hartkäse kombiniert werden. Selbstverständlich kann man die Kombinationsmöglichkeiten noch auf vielfältige Art verfeinern und in erster Linie natürlich an die persönlichen Vorlieben anpassen.

(Unnützes oder wahlweise auch Klugscheißer-Wissen, Teil 13)

Kapitel 12

Die Ausscheidungen von Faultieren können ein Drittel des Körpergewichtes betragen. Das sind knapp 300% mehr, als bei einem Tier dieser Größe zu erwarten ist.

Montagmorgen, der erste Tag meiner ersten Woche, in der ich mir ganz bewusst Zeit für Müßiggang nehmen wollte. Und ich wollte zugreifen, falls sich die Möglichkeit dazu spontan bieten würde. Und dazu hatte ich mir beim Einschlafen ausgiebig Gedanken gemacht. Ich sollte ja ein paar Dinge im Hinterkopf haben, die ich bei Bedarf oder passender Gelegenheit aus dem Ärmel schütteln konnte. Vor allem hatte ich mir Gedanken gemacht, was Müßiggang für mich persönlich bedeutete. Ich hatte mich in der vergangenen Woche immer mal wieder mit dem Thema befasst und auch Dr. Google befragt. Es war schon erstaunlich, wie viel zu diesem Thema im Internet zu finden war. Und wenn man dann noch das Thema Achtsamkeit in die Suche einschloss, stieg die Anzahl der Informationsquellen nahezu ins Unermessliche. Es waren zu beiden Begriffen brauchbare und weniger brauchbare Informationen aufzutreiben. Letztendlich habe ich für mich beschlossen, einfach Dinge auszuprobieren, von denen ich dachte, sie würden zu mir passen. Und ich definierte mir auch ein paar ganz individuelle Ideen, die ich ausprobieren wollte. Ich hatte ja schon erwähnt, dass ich der Überzeugung war, nicht jeder könne auf dieselbe Art Entspannung finden. Aber das dachte ich ja schon immer, sonst hätte mich Esmee vielleicht auch schon früher zu einer achtsamen Gruppe schleppen können. Doch wer weiß, ich wollte an diesem Punkt nicht mehr ausschließen, dass ich nicht doch irgendwann so etwas ausprobieren würde. Einfach nur, um den Horizont zu erweitern.

Jedenfalls zog ich nach wie vor den Begriff Müßiggang dem Begriff Achtsamkeit vor. Ich war sogar geneigt der ordinären Schwester des Müßiggangs, der Langeweile, etwas abzugewinnen. Aus Langeweile konnte man tatsächlich wertvolle Bonuszeit machen. Achtsamkeit hatte für mich immer den Anspruch, mich zu schonen. Und das wiederum implizierte eine gewisse Untätigkeit. Aber wie schon mehrfach erwähnt, das war meine ganz persönliche Definition. Ein bewusst achtsamer Mensch würde mir wohl widersprechen. Je mehr ich an Informationen sammelte, desto mehr verschwammen auch für mich die Definitionen. Vielleicht würde ich mir irgendwann auch selbst widersprechen.

Der Müßiggang dagegen hatte nach reiflicher Überlegung mehr Varianten für meine Herangehensweise zu bieten. Allein schon bezüglich des Wortstamms. Wir geben uns der Muße hin. Das kann schließlich sehr viel bedeuten. Vom aktiven Nichtstun bis zur Laufrunde am Abend. Mir wurde bewusst, dass es am Ende vielmehr die Art und Weise des Annehmens war, die definierte ob ich bei derselben Tätigkeit Entspannung oder Stress erfuhr. Ich musste für mich einen Weg finden, viel freier an Dinge heranzugehen, die meinem Empfinden nach dem Müßiggang zuzuschreiben waren. Ich musste es mir zugestehen. Es musste erlaubt sein.

An diesem Morgen fasste ich den Entschluss, den Tag am Abend mit der bereits angesprochenen Laufrunde beenden zu wollen. Daran war ich die Woche zuvor kläglich gescheitert. Ich wusste aber auch, dass es sich meistens eher nach Stress als nach Entspannung anfühlte. Vielleicht kennt ihr das ja auch so, oder so ähnlich. In der Vergangenheit habe ich mich abgehetzt, nach der Arbeit so schnell wie möglich zu Hause zu sein, um so früh wie möglich laufen zu gehen. Ich wollte wenig Zeit mit der Familie vergeuden. Ohne zu wissen, ob der Familie eine halbe Stunde hin oder her überhaupt wichtig war. Ich setzte mich also schon vorher unter Druck.

Ich kam in der Vergangenheit zu Hause an, räumte schnell meine Sachen weg und hatte natürlich vergessen, Esmee vorher zu informieren, dass ich laufen wollte. Sie nahm es zur Kenntnis und ich hatte sofort ein schlechtes Gewissen. Auch wieder, ohne zu wissen, ob ich das überhaupt haben musste. Das Heraussuchen der Laufklamotten erfolgte in hektischer Weise, ich wollte ja schließlich keine Zeit verlieren. Mein Puls ging schon vor der sportlichen Aktivität in die Höhe und ich redete mir ein, dass dies ja schon zum Aufwärmen zählte. Ich rannte die Treppe hinunter in den Keller, um meine Laufschuhe zu holen. Dabei begegnete mir mein Sohn und fragte, ob ich mit ihm eine Runde Fußball spielen möchte. Ich verneinte, weil ich ja schon etwas anderes vorhatte und das schlechte Gewissen war schon wieder da. Der Lauf an sich war dann auch wenig entspannt und aufgrund meines schlechten Gewissens war ich froh, wenn ich wieder zu Hause war. Ich hatte zwar meinen Sport, doch entspannt war ich nicht.

An diesem Montag sollte das allerdings ganz anders verlaufen. Ich hatte einen Plan. Ich wollte mein Vorhaben schon am Morgen der Familie mitteilen, um am Abend nicht mit unerwarteten Reaktionen rechnen zu müssen. Die ich mir nüchtern betrachtet auch eher selbst einredete.

„Ich würde heute Abend nach der Arbeit noch gerne eine Runde laufen gehen", teilte ich Esmee und Luca bei unserer kurzen Begegnung im Bad mit.

„Okay", antwortete Esmee und Luca ging gar nicht darauf ein. Im ersten Moment war ich etwas erstaunt, weil kein weiterer Kommentar kam.

„Es ist also in Ordnung?", fragte ich vorsichtshalber noch einmal nach. Es schien mir fast ein wenig zu einfach durch den Familienrat zu gehen.

„Klar, warum denn nicht? Machst du doch sonst auch immer mal wieder."

Das stimmte natürlich. Doch ich hatte immer das Gefühl, dass es nicht so gut ankam. Hatte ich mir das vielleicht nur selbst eingeredet? Denn es kam auch vor, dass mir Esmee deutlich sagte, wenn sie es für unpassend hielt. Damit konnte ich leben. Wenn ich dafür im Gegenzug wusste, dass es sonst wirklich okay ist, könnte ich ja schon gleich viel entspannter an die Sache rangehen. Das war super. Was sollte da denn noch schiefgehen?

Nachdem ich meinen Müßiggang für den Abend also schon von höchster Stelle hatte genehmigen lassen, ging ich überaus gut gelaunt zur Arbeit. Nicht einmal mein voller Terminkalender konnte mir etwas anhaben. Zumindest nicht der Kalender an sich. Aber einer der Termine lief dann doch ein wenig aus dem Ruder. In einer Videokonferenz wurde ein nicht anwesender Mitarbeiter meiner Abteilung wegen einer Äußerung zu einer geplanten Änderung im Prozess völlig übertrieben an den Pranger gestellt. Ich verschwende hier keine Energie mehr auf die unsäglichen Details der Auseinandersetzung. Das war in meinen Augen schon peinlich genug. Vielmehr hatte ich in deren Verlauf sehr genau auf mein Inneres geachtet. Sid hatte sich zum Glück komplett rausgehalten. Zumindest solange noch andere Personen an der kontinuierlichen Steigerung meiner Herzfrequenz beteiligt waren. Dafür wollte ich Sid zu einem späteren Zeitpunkt ein Lob aussprechen. Er wusste mittlerweile, wann er mehr schadete als half. Braves Faultier.

Daher also zu meinem übrigen Inneren. Ich hörte der Tirade eine ganze Weile geduldig zu. Das erschien mir als das Mittel der Wahl, denn schon nach den ersten Sekunden der Diskussion war ich innerlich auf 180. Ich wusste, dass ich mich nicht genug im Griff hatte, bei einer sofortigen Erwiderung auf die Aussagen, das Niveau nicht noch ein wenig weiter zu senken. Dieses Mal konnte ich sogar am Monitor das Pochen meiner Halsschlagader sehen. Das war beachtlich. Ansonsten blieb ich äußerlich normal, während in meinem Inneren einige Organe ein beunruhigendes Eigenleben entwickelten. Das Herz hämmerte wie ein Vorschlaghammer gegen meinen Brustkorb, mein Magen zog sich auf die Größe einer Schlangenhautfrucht zusammen und es fühlte sich an, als würde meine Körpertemperatur dem Siedepunkt gefährlich nahekommen. Alles in allem ein sehr unangenehmes Gefühl. Ich denke, es ging mir in ähnlichen Situationen in der Vergangenheit schon immer so, doch an diesem Tag achtete ich ganz besonders darauf. Das war wohl der Punkt, an dem ich feststellte, dass hier wahrscheinlich der Unterschied zwischen Achtsamkeit und Müßiggang in meinem speziellen Einzelfall zu erkennen war. In diesem Augenblick spürte ich den Wunsch, mit etwas Achtsamkeit auf die Situation zu reagieren und versuchte es mit einer

Atemübung. Wobei ich nicht weiß, ob tiefes Ein- und Ausatmen schon eine Übung ist. Aber egal, es funktionierte. Einigermaßen zumindest. Ich beruhigte mich nach und nach, war sogar etwas stolz darauf, trotz aller Aggression in mir, wenigstens äußerlich ruhig geblieben zu sein und konnte meinen Puls, sowie die restlichen Anomalien, die Besitz von mir ergriffen hatten, wieder auf ein Normalmaß reduzieren. Ich reagierte ruhig, aber mit deutlichen Worten. Appellierte an das Gewissen und konnte mit Freude feststellen, dass sich hinter ein paar betretenen Gesichtern vielleicht doch die Erkenntnis einschlich, etwas unpassend und überzogen argumentiert zu haben.

Später an diesem Tag wurde mir jedoch klar, dass dies allenfalls ein Teilerfolg war. Das Ziel musste sein, sich erst gar nicht wieder beruhigen zu müssen. Das war sicherlich ein sehr hochgestecktes Ziel und ich hatte keine Ahnung, wie ich das jemals erreichen sollte. Das machte allerdings auch nichts, dann ich war ja mit der Transformation zum Müßiggänger noch ganz am Anfang. Vieles würde sich auf der Reise dorthin auch von ganz alleine lösen. Da war ich mir ziemlich sicher. Es wurde immer deutlicher, dass die kleinen Erfolge ein Meistern der nächsten Situation erleichterten.

Als vollen Erfolg an diesem Tag konnte ich aber den fest eingeplanten Müßiggang in Form eines herrlichen Laufes am Abend verbuchen. Ich kam nach Hause, die Familie wusste um meine Pläne und daher regte sich auch das schlechte Gewissen nicht, als ich direkt nach der Arbeit wieder das Haus verließ. Ich hatte zwar ein definiertes Zeitfenster, das ich mir selbst gesteckt hatte, doch das war für mich mit keiner Einschränkung verbunden. Ich lief völlig entspannt los und wählte eine Strecke, die ich schon unendlich oft gelaufen bin. Und trotzdem war es anders. Ich tat es bewusster, spürte viel intensiver in mich hinein und fand für einen kurzen Moment mein inneres Faultier wieder, ohne dass es sich aktiv gemeldet hatte. Sid sagte nichts. Es war eher, als stünde er an der Strecke und wollte mich abklatschen. Er schien zufrieden mit mir zu sein. Zumindest für heute. Das in meinem Kopf entstandene Bild, von dem am Wegesrand stehenden (ja, in meiner Vorstellung stand Sid aufrecht, wie Sid im Kinofilm) Faultier, veranlasste mich dazu, die Abklatschbewegung tatsächlich durchzuführen. Da ich mich noch im Wohngebiet befand, sorgte ich bei einem älteren Herrn, der gerade seinen Hof kehrte, für einen verwunderten Gesichtsausdruck. Doch bei allem, was ich in den letzten Tagen schon erlebt hatte, konnte mir das rein gar nichts anhaben und daher nickte ich freundlich lächelnd in seine Richtung. Er nickte zurück, allerdings ohne zu lächeln. Im Augenwinkel konnte ich noch erkennen, wie er den Kopf schüttelte, als er sich wieder seinem Besen widmete. Doch das war mir ziemlich egal, vielleicht hätte mich diese Situation an seiner Stelle auch überfordert.

Ich stellte zufrieden fest, dass es im Grunde gar nicht so schwer war, eine entspannte Zeitinsel in den Alltag einzubauen. Man musste es nur tun und sich darauf einlassen.

Mein Trainingszustand war zu diesem Zeitpunkt nicht der beste. Wie auch, schließlich hatte ich oft wichtigere und vor allem sinnvollere Dinge zu tun, als laufen zu gehen. Doch ich konnte es trotzdem voll und ganz genießen. Ich erinnerte mich daran, wie ich vor Jahren regelmäßig das Gefühl des „Flows" erleben durfte. Zu dieser Zeit ging ich auch deutlich häufiger laufen und war ziemlich fit. Ich lief ein paar Jahre hintereinander immer wieder bei einem Halbmarathon mit. Doch davon war ich gerade meilenweit entfernt. Und ich war auch noch weit davon entfernt, mir wieder ein solches Vorhaben in den Kopf zu setzen. Doch eines war mir in diesem Moment klar. Ich wollte wieder dahin kommen, den Flow zu spüren. Dieses befreiende Gefühl im Kopf, über nichts mehr nachdenken zu müssen und sich nahezu mühelos vorwärts zu bewegen.

Mit diesem Gedanken im Gepäck war es dann auch nicht allzu schlimm, dass sich mein Puls irgendwann deutlich über der gewünschten Frequenz befand und ich spüren konnte, wie sich die Farbe meines Gesichtes änderte. Es war in Ordnung. Es war ein Anfang und ich hatte einen Plan. Und es fiel mir nicht schwer, das Tempo zu reduzieren. Es war trotzdem ein Erfolg. Ein

paar Wochen vorher hätte ich mich ganz bestimmt darüber geärgert. Aber nicht an diesem Tag.

*Das Laufen im Flow. Ein Zustand, den man nicht stän-
dig, aber immer wieder erreichen kann. Flow ist das völ-
lige Eintauchen in eine Tätigkeit, die dann wie von selbst
geht. Beim Laufen erreicht man das am ehesten, wenn
man sich in einer Intensität nahe dem Stoffwechsel-
gleichgewicht bewegt. Man fühlt sich frei und die Beine
verrichten ihr Werk automatisch. In Studien konnte festgestellt werden, dass das Gehirn so stark mit den koordi-
nativen Aufgaben der Bewegung beschäftigt ist, dass es
gewisse Hirnregionen auf „Sparflamme" setzt. Dadurch
fühlt sich der Läufer frei, unbelastet und ist völlig eins
mit sich selbst. Im Kopf breitet sich eine wohltuende
„Leere" aus.
(Unnützes oder wahlweise auch Klugscheißer-Wissen,
Teil 14)*

Kapitel 13

Wenn ein Faultierweibchen paarungswillig ist, lässt es das das Männchen durch einen lauten, kurzen Schrei wissen.

Im Leben eines Menschen kommt es eher selten vor, dass das Weibchen einen lauten Schrei ausstößt, sobald es paarungswillig ist. Von daher haben es männliche Faultiere in der Regel eher leichter, die Paarungsbereitschaft des Weibchens zu erkennen, als dies bei uns Menschen der Fall ist. Das hätte mir in meinem Leben sicherlich die ein oder andere peinliche Situation erspart. Aber darauf möchte ich jetzt nicht näher eingehen.

Dieser Tag war für mich ein rundum gelungener und das war wohl auch einer der Gründe, warum ich mich beim Zubettgehen in genau diesem paarungswilligen Zustand befand. Ich dachte allerdings einen Moment zu lange darüber nach und erntete als Reaktion für meine Annäherung nur noch ein erschrockenes Zucken und ärgerliches Gemurmel, da Esmee wohl schon eingeschlafen war. Das war definitiv eine ihrer Kernkompetenzen. Sie schlief quasi schon ein, bevor ihr Kopf richtig auf dem Kissen lag. Und darauf war ich unheimlich neidisch. Ich fragte mich beim Einschlafen, ob ich diesen Grad an Entspannung jemals erreichen würde. Das war allerdings ausschließlich auf die Einschlafphase bezogen. In allen anderen Lebenslagen konnte meine Frau extrem temperamentvoll sein. Gelegentlich auch, wenn ich sie zu heftig in der Einschlafphase störte.

Ich fand mich notgedrungen damit ab, drehte mich auf die andere Seite und startete meinen eigenen Einschlafversuch. So lange, bis Sid sich in mir regte und wohl Lust auf einen kleinen Austausch verspürte. Da ich davon ausging, heute eher nicht beschimpft zu werden, ließ ich mich sehr gerne darauf ein. Und ich sollte tatsächlich belohnt werden.

„Wie hast du deinen Tag heute erlebt?", wollte Sid wissen. Er hatte einen überraschend entspannten und zufriedenen Tonfall an sich, was mich sehr beruhigte.

„Es war ein guter Tag", begann ich mein Resümee. „Ich habe festgestellt, dass es gar nicht so schwierig sein muss, etwas Müßiggang in den Alltag zu integrieren und Situationen zu schaffen, in denen man sich besser als normal fühlen kann."

„Was meinst du mit besser als normal?", hakte Sid nach.

Ich freute mich sehr darüber, dass es ein aufrichtig interessiert klingendes Nachhaken war. Allerdings wusste ich nicht gleich, wie ich das am besten beschreiben sollte. Ich startete trotzdem einen Versuch, es in Worte zu fassen.

„Es gibt Situationen, in denen ich in der Regel eher angespannt reagiere. Besser gesagt erzeugen manche Situationen eine innere Anspannung in mir, die mir normalerweise ein unangenehmes Gefühl beschert, das ich auch danach noch eine Weile mit mir herumtrage. Heute habe ich es geschafft, in solch einer Situation zumindest äußerlich Ruhe zu bewahren und ich konnte mich auch innerlich schnell wieder regulieren. Das hat meiner Erkenntnis nach vor allem dadurch funktioniert, dass ich das, was mich gestört hat, deutlich, aber trotzdem höflich angesprochen habe. Dadurch nahm ich meinen Gegenübern die Möglichkeit, auf meine eigene Erregung einzusteigen und brachte sie zum Nachdenken. Das war sehr befriedigend.“

„Das klingt plausibel. Ich denke, du bist nun wirklich auf einem guten Weg“, stellte Sid zufrieden fest. „In nächster Zeit wirst du wohl weniger Unterstützung von mir brauchen.“

„Wie meinst du das?“, wollte ich wissen. Obwohl das eigentlich klar war. Sid hatte es schon angesprochen.

„Ich werde mich nicht mehr so oft bei dir melden müssen, um dir Ratschläge zu geben. Falls du dich erinnerst, ich wollte mich diese Woche ja schon zurückhalten. Heute schien es mir allerdings noch einmal angebracht, um dich zu bestätigen. Mach weiter so. Wirst du erst einmal entspannter sein, wird sich auch euer ganzes Familienleben wieder entspannen.“

„Das verstehe ich jetzt nicht.“

„Frag mal deine Frau. Die ist manchmal schon ziemlich gestresst, weil du gestresst bist."

„Ach komm, jetzt übertreibst du aber", spielte ich die Sache herunter. Wusste aber eigentlich, dass da schon was dran war.

„Echt jetzt?", fragte Sid. „Du weißt doch ganz genau, dass es nicht übertrieben ist. Aber das macht nichts, du bist trotzdem schon in die richtige Richtung unterwegs. Ich glaube, du hast in den letzten Tagen so viel über dich selbst gelernt, dass du nun in der Lage sein wirst, auf eine Weise an dir zu arbeiten, damit am Ende alle etwas davon haben werden. Du wirst es auch zurückbekommen. Das kannst du mir glauben."

„Das bedeutet, wir hören uns in Zukunft weniger?", fragte ich vorsichtig nach und wunderte mich in diesem Moment über das traurige Gefühl, das dabei in mir aufstieg. Es war etwas befremdlich, dass ich mich so sehr an eine personifizierte innere Stimme in Form eines Faultieres gewöhnt hatte und mich die Aussicht auf weniger Begegnungen trübselig stimmte. Sid ist mir in kurzer Zeit ein guter Freund geworden. Obwohl er mich am Anfang zu Tode erschreckt, zwischendurch immer wieder ordentlich beleidigt und sogar Zweifel an meinem eigenen Verstand gesät hat.

„Jetzt tu nicht so, als würdest du mich vermissen", entgegnete Sid. Obwohl er versuchte, emotionslos zu klingen, stellte ich zufrieden fest, dass es auch ihm schwerzufallen schien. Aber das hätte er selbstverständlich nie zugegeben.

„Und glaub mir", fuhr er fort, in dem Versuch mir ernsthaft zu vermitteln, dass es für alle Beteiligten das Beste sei. „Ich muss mich definitiv wieder ausruhen. So wenig wie in letzter Zeit habe ich mein ganzes Leben nicht geschlafen. Auf Dauer ist das nichts für mich. Meine Work-Life-Balance ist völlig im Eimer. Es kann ja nicht sein, dass ich am Ende noch gestresster bin als du. Aber ganz hast du mich noch nicht los. Ich gehe davon aus, dass ich schon noch das ein oder andere Mal eingreifen werde. Von daher, bis demnächst."

„Ich würde dir aber noch gerne von meinem Lauf erzählen", sagte ich, in der Hoffnung ihn damit aufzuhalten.

„Sid?", hakte ich nach.

„Sid?"

Aber es kam keine Antwort mehr. Mir war auch klar, dass er bei meinem Lauf dabei war und es sicher mitbekommen hat, wie ich seinen imaginären Zwilling am Straßenrand abgeklatscht hatte. Trotzdem hätte ich es ihm noch gerne erzählt. Es war mir ein Bedürfnis, diese kleinen Erfolge zu teilen.

Bei diesem Gedanken fragte ich mich wieder einmal, ob es nun beruhigend oder beunruhigend war, dass ich mein inneres Faultier mittlerweile als Freund und nicht mehr als Wahnvorstellung wahrnahm. Ich entschied mich für die beruhigende Variante. Denn im Grunde genommen konnte es mir nur helfen, eine so deutliche innere Stimme zu hören. Vielleicht hatte es ja schon vorher Anzeichen gegeben, die ich hätte erkennen können. Ich war wohl ein so harter Brocken, dass meine innere Stimme erst Sid auf den Plan rufen musste, um von mir gehört zu werden.

Die Paarung bei Faultieren findet ebenfalls im Baum statt. Fortpflanzung und Geburt erfolgen in typischer Faultier-Haltung: Hängend in den Bäumen. Die Aufzucht überlässt das Männchen dem Weibchen. Meist wird ein einzelnes Baby geboren, das auf dem Bauch der Mutter seine ersten Lebensmonate verbringt.

Zweifingerfaultiere sind das ganze Jahr über geschlechtsreif. Bei Dreifingerfaultieren ist die Fortpflanzung eher jahreszeitlich gebunden. Die Geschlechtsreife erfolgt mit etwa drei Jahren. Die Kinder sind bereits von Anfang an hervorragende Kletterer und besteigen selbständig Bauch und Rücken der Mutter.

(Unnützes oder wahlweise auch Klugscheißer-Wissen, Teil 15)

Kapitel 14

Neben den beiden heute lebenden Gattungen sind einschließlich der ausgestorbenen Arten, noch mindestens 90 weitere bekannt. Damit stellt das Faultier eine der formenreichsten Gruppe der Nebengelenktiere dar.

Wir müssen wieder lernen, den Müßiggang zu gehen.
Mir war sehr wohl bewusst, dass es grundsätzlich nicht machbar sein würde, jeden Tag, jede Stunde und vor allem konsequent, den Müßiggang auf irgendeine Weise zu gehen. Ich bin normalerweise nicht mit einer außergewöhnlichen Geduld gesegnet und einigte mich sehr schnell mit mir selbst darauf, die kleinen Erfolge zu feiern und die Situationen, in denen es mir nicht gelang achtsam mit mir umzugehen, einfach zu akzeptieren. Ich musste mir wohl oder übel selbst eingestehen, dass die beiden vielleicht doch nicht so einfach voneinander zu trennen sind. Der Müßiggang und die Achtsamkeit. Das war mir mittlerweile aber auch ziemlich egal. Viel wichtiger war, dass ich Fortschritte machte. Fortschritte für mich selbst und damit auch für mein Umfeld. Das hatte Priorität, völlig egal, wie irgendjemand irgendetwas nannte.
Das war an diesem Tag auch nötig, denn ich musste auf dem Weg zu einem kleinen Erfolg einige Rückschläge

hinnehmen. Es waren natürlich nur Kleinigkeiten, doch die Summe der Dinge sorgte für einen überaus unentspannten Arbeitstag. Das fing schon damit an, dass es auf meiner morgendlichen Gassi-Runde mit dem Hund plötzlich anfing, wie aus Eimern zu schütten. In der Regel ging ich nie aus dem Haus, ohne noch einen Blick auf die Wetter-App zu werfen. Ich hätte also vorbereitet sein können. Nein, ich hätte vorbereitet sein müssen. Das hätte selbstverständlich nichts am Regen geändert, ich wäre allerdings nur eine kleinere Runde mit Regenjacke gelaufen und alles wäre fein gewesen. Aber so ging ich auf die große Runde und selbstverständlich fing es am entferntesten Punkt an zu regnen. In einer gefühlten Nanosekunde saugte sich mein Kapuzenpullover voll mit Wasser. Den Hund interessierte es natürlich nicht im Geringsten und so hatte er auch wenig Verständnis für mein Ziehen an der Leine, um schneller vorwärts zu kommen. Irgendwann hatte ich ihn dann zu Hause und er wartete, bis wir im Hausflur standen, um sich mit Hingabe zu schütteln. Die Tür zur Toilette war übersät mir bräunlich eingefärbten Wassertropfen. Es war mir schleierhaft, woher der ganze Dreck im Fell kam. Zum Glück hatte wenigstens der Putz nichts abbekommen. Ich wischte mit dem Hundehandtuch erst grob die Tür ab, dann trocknete ich den Hund. Ich versuchte, Ruhe zu bewahren, doch spürte ich sehr deutlich, wie langsam aber sicher eine innere Nervosität in mir aufkam. Es war zum Davonlaufen, doch ich kämpfte gegen den Zorn an. Was mich dann noch zorniger machte, denn ich konnte das alles ja nicht ändern. Egal ob ich wütend wurde oder nicht. Ich war durchnässt, der Hund auch. Und rein gar nichts würde daran etwas ändern. Ich musste so oder so nochmal schnell unter die Dusche und das Zeitfenster bis zum ersten Termin im Büro wurde immer kleiner. Aber ich konnte es nicht ändern. Erst recht nicht durch das überhastete Duschen. Ich hatte mal gelesen, dass man auch achtsam Duschen könnte. Davon war ich Galaxien weit entfernt. Ich duschte aggressiv, ich drückte mindestens doppelt so viel Duschgel aus der Tube wie notwendig. Das ärgerte mich dann auch schon wieder, da ich ja generell Verschwendung vermeiden möchte. Dass die Hälfte des Duschgels ungenutzt auf den Boden der Duschwanne tropfte, war an diesem Morgen obligatorisch.

Ich will jetzt auch nicht alle Details breittreten, es war ja eh schon schlimm genug. Daher hier nur noch eine kurze Zusammenfassung der Chronologie der Ereignisse in Stichworten, damit der Wahnsinn des Tages deutlich wird. Wahrscheinlich tue ich das jetzt nur, um mir etwas Verständnis für mein Scheitern in der einen oder anderen Situation zu erschleichen.

Es kam einfach alles zusammen. Als ich endlich aus dem Bad kam, hatte der Hund in den Hausflur gekotzt. Anstatt einfach Esmee zu bitten, die Sauerei wegzuputzen, weil ich eh schon spät dran war, erledigte ich es selbst und regte mich dabei noch mehr auf. Obwohl sie mir sicher geholfen hätte. Als nächstes kam die schon zu erwartende Schlange vor dem Bäcker, die mir an diesem Morgen noch länger vorkam. Das war wahrscheinlich nur Einbildung, doch auch diese Erkenntnis half mir nicht weiter. In der Kaffeemaschine im Büro war der Satzbehälter voll, das Wasser leer und Bohnen waren auch keine mehr drin. Wie gesagt, alles nur Kleinigkeiten, aber sie häuften sich und ich war nicht in der Lage, die Dinge, die ich nicht ändern konnte, anzunehmen. Auch das ärgerte mich unheimlich. Das alles kostete mich jede Menge Zeit. Und daher nervten mich wohl auch manche Kollegen an diesem Tag und ich hoffte sehr, dass sie es nicht zu sehr gespürt haben. Es hat mich ja selbst genervt, dass ich genervt war.

Aber kommen wir zurück zu den kleinen Erfolgen, die ich feiern wollte. Ich hatte ja meine Liste mit Dingen, von denen ich dachte, sie würden mir etwas Müßiggang schenken oder einfach nur Entspannung bieten. An diesem Tag war das allerdings nicht so einfach und ich hatte keine Ahnung, ob es funktionieren würde. Ich hatte ehrlich gesagt nicht einmal Lust darauf, weil ich mich eh schon den ganzen Tag ärgern musste. Das widersprach sich zwar irgendwie, war aber so. Trotzdem hatte ich mich dazu überwunden, den ursprünglichen Plan in die Tat umzusetzen. Esmee und Luca waren an diesem Nachmittag unterwegs und ich wollte die Zeitinsel für mich nutzen. Normalerweise würde ich ja in so einer Situation nervös auf und ab laufen und mir dabei überlegen, was ich jetzt Sinnvolles mit der freien Zeit anfangen könnte. Oder ich hatte schon lange einen Plan dafür. An diesem Tag wollte ich das nicht tun. Ich wollte einfach völlig planlos durch unser Dorf flanieren und mich treiben lassen. Ich konnte mich nicht erinnern, ob ich das jemals schon gemacht hatte. Zu Beginn hatte ich etwas Schwierigkeiten, den Kopf einigermaßen frei zu bekommen. Mir ging das viele Ärgern nicht aus Kopf. Und das Ärgern über das Ärgern und so weiter und so fort. Eine Endlosschleife, der ich nur sehr mühsam zu entkommen schien.

Und plötzlich war es gerade das Überqueren der zu dieser Uhrzeit sehr stark befahrenen Hauptstraße unseres Ortes, das die Situation änderte. Ich wurde durch das angestrengte Suchen nach einer Lücke im Verkehr abgelenkt. Dieser Vorgang verdrängte meine restlichen Gedanken und der Kopf wurde für andere Dinge frei, nachdem ich die gegenüberliegende Seite erreicht hatte. Ein paar Meter weiter konnte ich schon das Neubaugebiet erkennen, in dem sich gerade jeden Tag etwas veränderte. Nur bekam ich das nie mit, weil ich mir ja für die banalen Dinge keine Zeit nahm. Doch dieses Mal war das anders. Trotz anfänglicher Bedenken konnte ich an diesem Tag Dinge wahrnehmen, die mir sonst verborgen blieben.

Ich nahm mir Zeit, an der Baustelle eines Komplexes für betreutes Wohnen stehenzubleiben. Ich versuchte mir vorzustellen, wie es darin wohl später aussehen könnte. Ich beobachtete die Bauarbeiter, wie sie Stein für Stein die Wände mauerten. Das war bestimmt anstrengend. Ich hatte großen Respekt davor, eine physisch derart belastende Arbeit bis zum Rentenalter auszuführen. Mir fiel ein Vogel auf, der sich frech auf einen gerade verbauten Stein setzte und scheinbar keine Angst vor Menschen hatte. Das zauberte dem Bauarbeiter und auch mir ein Lächeln auf die Lippen. Ich wandte mich ab und spazierte mit einer wachsenden inneren Zufriedenheit sowie einem bleibenden Lächeln weiter. Das war ein gutes Gefühl und ich beschloss, spontan durch das Neubaugebiet hindurch auf den angrenzenden Hügel hinaufzulaufen, um die Perspektive zu wechseln.

Auf dem Weg dorthin nahm ich mir immer wieder Zeit, an den vereinzelten Rohbauten von Einfamilienhäusern stehen zu bleiben. Ich schaute auf die gerade entstehende Kontur des Hauses und fragte mich, was für ein Schlag Mensch hier wohl einziehen würde. In welcher Farbe das Haus vielleicht gestrichen und ob ein Zaun oder eine Hecke als Abgrenzung dienen würde. Alles eigentlich völlig belanglose Dinge. Doch es tat auf unerklärliche Weise gut, sich einfach mal Gedanken zu machen, die keinen übergeordneten Sinn verfolgten. Nur so, ohne einen Grund für irgendetwas. Ohne ein Ziel zu verfolgen.

Auf einmal überkam mich ein Gefühl der Entspannung. Und gleichzeitig auch ein Gefühl des Triumphes. Als ich sagte, ich wollte die kleinen Erfolge feiern, meinte ich genau so etwas. Doch mir war nicht einmal ansatzweise klar gewesen, wie groß so ein kleiner Erfolg tatsächlich sein könnte. Es war geradezu berauschend. Ich empfand eine Art Glücksgefühl, dessen ich mir vorher in dieser Ausprägung nicht bewusst war. Denn es widersprach meiner bisherigen Denkweise völlig. Es ging immer darum, etwas zu leisten, etwas zu erreichen. Es musste unterm Strich etwas dabei herauskommen, um einen Erfolg zu feiern. Was ich letztendlich aber nie tat, denn ich war ja getrieben von den Dingen, die getan werden mussten.

Und jetzt stand ich da und freute mich darüber, dass ich beim aktiven Nichtstun ein Glücksgefühl empfand. Ich spürte den Nutzen des Müßiggangs mit voller Wucht. Es war überwältigend. Ich schaute ins Leere, genoss den Augenblick, war zufrieden und machte mich langsam auf den Weg, die Perspektive zu wechseln. Das war irgendwie sinnbildlich für das, was ich da eben endlich verstanden hatte. Und mit jedem Schritt verfestigte sich diese Erkenntnis.

Auf einmal stand ich dann etwas erhöht und konnte fast über den ganzen Ort schauen. Mir war gar nicht genau klar, wie ich dort hingekommen war. Also vom Streckenverlauf her natürlich schon, aber ich hatte es gar nicht wahrgenommen, mich bewegt zu haben. Seltsamerweise war mir das auch völlig egal. Ich schaute über die Dächer und dachte darüber nach, wie sich der

Ort seit meiner Kindheit verändert und weiterentwickelt hatte. Es war beachtlich, wie sich Flächen veränderten. Es entstanden schicke Neubauten, wo wir als Kinder noch durch Maisfelder streiften. Die Ortsgrenzen hatten sich fast unbemerkt verschoben. Darauf hatte ich niemals bewusst geachtet. Ich stellte fest, dass dies ein sehr guter Stand- und Aussichtspunkt war, um in Erinnerungen zu schwelgen, Veränderungen bewusst wahrzunehmen und vor allem die Schönheit der eigenen Heimat zu bewundern. Wir haben Glück. Alle. Wir müssen nur zulassen, dass wir es sehen.

Mir kamen plötzlich Bilder in den Kopf, wie wir als Kinder mit unseren kleinen Fahrrädern und einem Ball auf dem Gepäckträger auf den Sportplatz radelten. Dabei hatten wir nichts anderes im Kopf, als Fußball zu spielen. Wir dachten nicht mehr an die Schule, an die Hausaufgaben oder eine bevorstehende Klassenarbeit. Das war alles unendlich weit entfernt. Als Kind konnten wir uns noch vorbehaltlos auf diese eine Sache konzentrieren. Und das konnten wir tatsächlich so lange, bis unser Zeitfenster dafür aufgebraucht war. Manchmal sogar noch deutlich länger, wenn wir vergaßen, auf die Uhr zu schauen. Ich glaube, das ist etwas, das man als Erwachsener irgendwann verlernt. Vielleicht ist das in bestimmten Phasen des Lebens auch notwendig, um in turbulenten Zeiten einfach durch den Tag zu kommen oder sich auf etwas zu fokussieren, bis man an einem gesteckten Ziel angekommen ist. Doch wahrscheinlich verhindern wir selbst unser Ankommen, indem wir immer weiterwollen. Es gelingt uns nicht, zu einem Zeitpunkt, an dem wir mehr haben, als wir brauchen, innezuhalten. Innezuhalten, um anzukommen. Vielleicht ist es unter anderem gerade das, was uns davon abhält, den Müßiggang zu gehen. Auch wenn das vielleicht etwas ins Lächerliche gezogen klingt. Aber es wird Zeit, dass wir dem Faultier in uns wieder eine Heimat geben.

Der Begriff Perspektivwechsel wird in den meisten Fällen eher im Bereich der Kommunikation zu finden sein. Sind wir mit einer gesunden Empathie gesegnet, sollten wir in der Lage sein, die Perspektive zu wechseln und die Sichtweise des anderen einzunehmen. Schon Albert Einstein soll gesagt haben, dass man Probleme niemals mit derselben Denkweise lösen kann, mit der sie entstanden sind. Und da ist eindeutig etwas dran. Allerdings ist es ein recht langer Weg, die Perspektive zu wechseln, wenn es einen selbst betrifft. Man muss wohl einige Schritte gehen, um zuerst den Tunnelblick zu verlieren, die Ich-Perspektive zu verlassen, um soziale Kompetenz in Form von Empathie zu gewinnen. Andere Sichtweisen zu akzeptieren kann Größe verleihen. Wir können durch einen Perspektivwechsel auch ein hohes Maß an Objektivität gewinnen. Bis wir am Ende uns selbst reflektieren, das eigene Handeln selbstkritisch hinterfragen und uns selbst aus einem neutralen Blickwinkel betrachten. So gesehen ist der Perspektivwechsel eine hohe Kunst, die es lohnt zu verinnerlichen. Wer viel über sich selbst lernt, hat eine entfernte Vorstellung davon, wie einen die anderen sehen könnten.

Der französische Schriftsteller Marcel Proust hat es ebenfalls sehr deutlich formuliert. „Die besten Entdeckungsreisen macht man nicht in fremden Ländern, sondern wenn man die Welt mit anderen Augen betrachtet." (Unnützes oder wahlweise auch Klugscheißer-Wissen, Teil 16)

Kapitel 15

Die Algen und das Faultier gehen eine faszinierende Symbiose ein: Im dichten Deckhaar des Faultieres sammelt sich Regenwasser und bietet somit einen idealen Lebensraum für die winzigen Mikroorganismen.

Ich schlängelte mich für mein Empfinden recht erfolgreich durch die restliche Woche und schaffte es auch immer wieder, Momente des Müßiggangs in meinen Alltag zu integrieren. Ich ging jedoch davon aus, dass es keinen Zeitpunkt geben würde, an dem ich mich zurücklehnen kann und dauerhaft entspannt sein werde. Ich werde auf mich achten müssen. Immer. Und ich war noch lange nicht da, wo ich gerne gewesen wäre. Das war in so kurzer Zeit natürlich auch gar nicht nötig. Es wird eine Art Lebensaufgabe werden. Doch ich denke, ich habe einen Weg gefunden, den ich gehen werde. Der Anfang war gemacht und das Ziel gesteckt. Mit etwas Konsequenz sollte das auch gar nicht so schwer sein. Einiges von dem, was ich ausprobiert habe, werde ich beibehalten. Einzelne Sachen haben für mich aber auch nicht funktioniert. Das war überhaupt nicht schlimm.

Ich werde später noch etwas detaillierter berichten, was Müßiggang für mich bedeutet und was für mich gut funktioniert. Das wird eine subjektive Einschätzung und jeder kann sich seine eigenen Gedanken darüber machen.

Aber davor sollte ich noch zu meinem Abschlussgespräch. Das hört sich zwar ziemlich skurril an, aber ich habe mich für heute Abend, kurz vor dem Einschlafen, mit Sid verabredet. Er meinte, es wäre an der Zeit, wieder getrennte Wege zu gehen und vor allem müsse er sich ausruhen. So lange Wachphasen seien nichts für ihn. Ich konnte das nicht beurteilen und hätte auch niemals so viel schlafen können, wie Sid in dieser Zeit. Aber das war ja auch egal. Schließlich war er das Faultier. Ich war schon froh, dass er sich überhaupt die Zeit genommen hat, sich so intensiv mit mir zu befassen.

Aber das Merkwürdigste überhaupt war, dass ich ihn schon vermisste, bevor er sich verabschiedet hatte. Ich hoffte sehr, dass er es einrichten könnte, immer mal wieder bei mir aufzutauchen, wenn ich mich im Trubel verliere und vergesse, den Müßiggang zu gehen oder nicht achtsam mit mir umgehe. Es steigert definitiv die Lebensqualität, wenn man etwas auf die Bremse tritt. Und auch wenn es paradox klingt, hat man am Ende mehr davon, an das man sich positiv erinnern kann. Man nimmt Dinge ganz anders wahr. Der Müßiggang als Wort hat in unserer Gesellschaft im ersten Moment immer einen negativen Beigeschmack. Wir verbinden es mit „faul sein". Dabei sagt der Wortstamm ja etwas ganz anderes aus. Wir gehen dabei der Muße nach. Wir machen, was uns Spaß macht und guttut. Doch dazu muss man die Perspektive wechseln. Sich einfach mal auf die andere Seite stellen. Es hat so oft eine positive Wirkung, wenn wir uns aus dem Hamsterrad herausnehmen und es einfach wagen, nicht immer so zu hetzen. Das kann sogar außerordentlich produktiv sein. Wenn ich meinen Kopf von unnötigem Ballast befreie, habe ich Kapazität für kreative Denkansätze. Wir können nicht immer mit Vollgas die Autobahn entlangrasen. Wir müssen ab und an Pausen machen und auftanken. Wir brauchen zwischendurch neue Energie und das Auto wird ohne neuen Sprit nicht weiterfahren. Wir werden mit Müßiggang in vielen Bereichen sogar effektiver werden. Vor allem, weil wir viel zufriedener sind.

Lange Zeit gingen die Forscher davon aus, dass es sich bei den Algen im Deckhaar der Faultiere ausschließlich um eine praktische Tarnung handeln würde, jedoch ist die Symbiose weitaus komplexer: Die Algen dienen dem Faultier nämlich als zusätzliche Futterreserve.
Möglich machen das Motten, die im Fell des Faultiers leben – vorrangig des Dreifingerfaultiers. Diese legen ihre Eier im Kot der Faultiere ab, von dem sich die Larven dann ernähren. Die entwickelten Motten begeben sich beim nächsten Toilettengang dann wiederum in das Fell

der Tiere. Die Insekten bringen somit Nährstoffe ins Fell, wodurch die Algen gedeihen.

Die Algen sind für das Faultier eine extrem praktische und jederzeit verfügbare Nahrungsergänzung, die zudem fett- und nährstoffreich ist. Eine geniale Symbiose für Motte und Faultier.

(Unnützes oder wahlweise auch Klugscheißer-Wissen, Teil 17)

Kapitel 16

Am 20. Oktober ist der internationale Tag des Faultiers.

Eigentlich war es ja noch gar nicht so lange her, dass Sid plötzlich in mein Leben getreten ist. Ich erlebte in kürzester Zeit die unterschiedlichsten Zustände meiner selbst. Zwischendurch war ich mir sicher, dass ich den Verstand verloren hatte. Wer spricht schon mit einem inneren Faultier? Das war ja völlig verrückt. Im Nachhinein wurde mir klar, dass mein Verstand die Notbremse gezogen hatte, um mich wieder in die Spur zu bringen. Ich war einfach zu gestresst, so konnte es definitiv nicht weitergehen. Ich machte mich wegen den unterschiedlichsten Sachen unnötig verrückt. War getrieben davon, die maximale Ausbeute sinnvoller Tätigkeiten zu schaffen. Ich hatte völlig verlernt, meine Umgebung wahrzunehmen, mich aktiv zu erholen oder einfach nur mal nichts zu tun.

So etwas passierte sicher öfter, nur eben nicht in Form eines Faultiers. Nüchtern betrachtet war das für mein Umfeld die wohl einfachste Variante. Sid therapierte mich quasi nebenher. Obwohl, es war eher so, dass Sid den Grundstein legte. Es lag noch sehr viel Arbeit vor mir. Natürlich wurde mir irgendwann bewusst, dass Sid nichts anderes als meine innere Stimme war, die wahrscheinlich schon länger wusste, dass ich auf eine recht gefährliche Situation zusteuerte. Die einzige Erklärung, warum meine innere Stimme in Form eines Faultiers auftauchte, könnte die anfängliche Korrelation meines Verstandes zwischen Müßiggang und Faulheit gewesen sein. Ein erlerntes und weit verbreitetes Muster unserer schnelllebigen und auf Effektivität getrimmten Zeit. Vielleicht lag es aber auch tatsächlich nur daran, dass ich unzählige Male Ice Age geschaut habe.

Wie auch immer, trotz des mittlerweile wachsenden Bewusstseins dieser Tatsache, freute ich mich auf den bevorstehenden Austausch mit meiner inneren Stimme. Ich lag im Bett, Esmee war bereits eingeschlafen und ich wartete auf Sid. Der ließ allerdings etwas auf sich warten. Das war vielleicht sein letzter Test. Ob es wirklich so war, erfuhr ich nie. Völlig zufrieden stellte ich fest, dass ich das Warten plötzlich aushalten konnte. Es ging noch nicht ganz von alleine, doch ich konnte mich dahingehend regulieren, indem ich mir immer wieder vor Augen führte, dass ich an dieser Situation nichts ändern konnte.

Genau das ist ein Mantra von mir geworden. Ich wollte die Gelassenheit erlangen, mich nicht mehr über Dinge zu ärgern, die ich nicht beeinflussen konnte. Das geht natürlich nur dann, wenn diese Dinge mich oder mein Umfeld nicht maßgeblich beeinträchtigen. Da kann mir einer erzählen, was er will. In manchen Situationen darf man sich trotzdem ärgern, auch wenn man nichts daran ändern kann. Ich kann mich beispielsweise unheimlich über Ungerechtigkeiten ärgern. Da kann man auch nicht immer etwas daran ändern. Aber Ungerechtigkeit war für mich schon immer schwer zu ertragen. Je mehr ich darüber nachdachte, umso deutlicher wurde mir klar, dass, zumindest für mich persönlich, immer eine Grauzone bleiben würde. Das fand ich auch gar nicht mehr schlimm. Denn trotz dieser Grauzone hatte ich mir schon einiges erarbeitet, auf das ich sehr stolz war. Ich hatte viele Situationen in den letzten Tagen deutlich entspannter gemeistert, als mir das zuvor möglich gewesen war. Und das war gar nicht so schwer. Man musste sich nur darauf einlassen. Und wie schon erwähnt, ich stand ja noch ganz am Anfang.

„Sag ich doch", meldete sich Sid mitten in meinen Gedanken zu Wort. „Du hast es selbst in der Hand."

„Hallo Sid", entgegnete ich mit einem stummen Lächeln auf den Lippen. Vor kurzem hätte ich mich wohl noch über das unangekündigte und grußlose Hereinplatzen Sids geärgert. Doch ich hatte erkannt, dass er eben so war. Das konnte und wollte ich nicht ändern. Und trotz all seiner Unzulänglichkeiten half er mir dabei, ein Müßiggänger zu werden. Okay, so weit bin ich noch nicht. Aber ich befinde mich auf dem Weg.

„Hallo Christian", sagte Sid und ich stellte zufrieden fest, dass auch er hinzulernen konnte. Wir haben uns eben beide weiterentwickelt.

„Bilde dir da ja nichts drauf ein."

Und ich hatte wieder einmal vergessen, dass Sid sowieso alles wusste, was ich dachte. Ich musste nicht einmal aktiv denken, das machte es manchmal ja so schwierig. Für einen kurzen Moment erinnerte ich mich wieder an eine Situation, in der ich meine Gedanken vor ihm verheimlichen konnte. Zumindest hatte ich mir das eingeredet. Was wahrscheinlich Quatsch war. Das verwarf ich allerdings direkt wieder und widmete mich Sid mit meiner vollen Aufmerksamkeit.

„Mache ich nicht", antwortete ich wahrheitsgemäß. „Trotzdem freut es mich, dass du mich eben sogar mit Namen gegrüßt hast. Ich glaube, das war sogar das erste Mal."

„Ja, mag sein. Aber jetzt machen wir Schluss mit dem Geplänkel. Wie du weißt, überschreite ich schon ziemlich lange die normalen Wachphasen eines Faultieres um das Vielfache. Und glaube mir, das war ganz schön anstrengend, dich wieder einigermaßen in die Spur zu bringen."

„Jetzt übertreib mal nicht", versuchte ich zu beschwichtigen. „So schlimm kann das ja gar nicht gewesen sein."

„Glaubst du? Naja, ich dachte mir schon, dass du das Ausmaß deines Zustandes, als wir uns kennenlernten, nicht erkannt hast. Aber das macht ja auch nichts. Dafür war ich ja da."

„Du tust gerade so, als wäre ich ein völliges Wrack gewesen, das kurz vor dem totalen Kollaps stand."

„Frag doch deine Frau!", forderte mich Sid auf. Er schien sich seiner Sache ziemlich sicher zu sein.

„Wie soll ich das denn machen? Soll ich zu ihr hingehen und sagen, dass mein inneres Faultier behauptet, ich sei ein Wrack und sie fragen, was sie davon hält?"

„Warum nicht? Vielleicht entdeckt sie dann ja auch ihr inneres Faultier?"

„Das ist jetzt nicht dein Ernst, oder?", hakte ich vorsichtshalber nach.

„Doch", antwortete Sid und ließ seine Aussage einfach so im Raum stehen. Oder vielmehr in meinem Kopf. Aber der fühlte sich gerade auch an wie leerer Raum. Da ich allerdings ziemlich früh schon gelernt hatte, dass Streiten mit Sid nichts bringt, atmete ich kurz durch und reagierte gelassen.

„Also gut", sagte ich. Und ließ auch das im Raum stehen. Und ich strengte mich echt an, nichts dabei zu denken. Zumindest nichts, was Sid irgendwie deuten könnte.

„Echt jetzt?", wollte Sid wissen und ich spürte, dass ich ihn damit tatsächlich verunsichert hatte.

Doch dann konnte ich mich nicht mehr halten und lachte los. Leider verlor ich die Kontrolle und lachte nicht nur innerlich.

„Schatz?", fragte Esmee schlaftrunken. „Mit dir stimmt doch schon wieder irgendwas nicht."

„Doch", flüsterte ich zurück. „Mit mir hat noch nie mehr gestimmt."

Ich kuschelte mich an sie und Esmee schlief schnell wieder ein.

„Ich störe ja nur ungern", hakte Sid wieder in das Gespräch, beziehungsweise vielmehr in die Situation, ein. „Aber ich bin noch nicht fertig."

„Ich bin ganz Ohr."

„Okay, ich mache es auch kurz", begann Sid seine Laudatio zum erfolgreichen Abschluss eines angehenden Müßiggängers. „Du hast das am Ende tatsächlich doch noch schneller kapiert, als ich das zu Anfang befürchtet hatte. Als wir uns das erste Mal unterhalten haben, dachte ich noch, du wärst echt nicht die hellste Kerze auf der Torte. Habe ich dir ja schon mal gesagt."

„Aber ich...", setzte ich an, wurde allerdings direkt wieder unterbrochen. Eigentlich wollte ich nur nochmal klarstellen, dass es schließlich eine der außergewöhnlichsten Situationen meines Lebens war. Wenn nicht sogar die außergewöhnlichste Situation überhaupt. Doch ich hätte es ja mittlerweile wissen müssen. Das hat Sid schließlich noch nie interessiert.

„Du sollst die Klappe halten. Sonst werde ich nicht fertig und schlafe beim Reden ein."

Das wollte ich natürlich auch nicht, von daher hielt ich eben meine Klappe.

„Jedenfalls bin ich jetzt am Ende sogar ein bisschen stolz auf dich." Dabei betonte er das Wort „bisschen" für meine Begriffe etwas zu deutlich. Ich unterließ den Drang, es zu kommunizieren. „Du hast es tatsächlich geschafft, deine Gewohnheiten kritisch zu hinterfragen. Du hast die Augen für die schönen Dinge des Alltags geöffnet und hast dir Zeit genommen. Dabei kommt es gar nicht so sehr darauf an, wofür du dir die Zeit nimmst. Du machst es bewusst und das ist schon sehr viel wert. Du weißt selbst, dass du noch am Anfang stehst. Die Gefahr, wieder in alte Muster zurückzufallen, ist groß. Du musst dagegen ankämpfen und dir jeden Tag wieder kleine oder auch größere Momente des Müßiggangs gönnen. Aber ich bin überzeugt davon, dass du das schaffen wirst. Und jetzt bin ich echt müde. Mach´s gut."

Ich wollte kurz ansetzen, um mich noch bei Sid zu bedanken. Doch im selben Moment wurde mir klar, dass es zwecklos war. Wie angekündigt, hatte er sich verabschiedet. Ich hatte tatsächlich etwas mehr erwartet, doch ich war auch mit den wenigen Worten zufrieden. Immerhin waren sie ziemlich positiv und ich war gespannt, ob er jemals wieder auftauchen würde. Jedenfalls hoffte ich das. Es würde sicher irgendwann die Zeit kommen, in der ich ihn wieder brauchen könnte. Und eigentlich wollte ich ja mit ihm noch besprechen, was das Innere in mir war, das dafür verantwortlich war, dass mir Dinge egal waren. Dinge, über die ich mich mittlerweile ärgerte. Aber vielleicht musste ich das ja gar nicht mehr. Ich hatte das Gefühl, dass etwas nicht zwingend egal sein musste, um sich nicht darüber zu ärgern.

Ich hätte jedenfalls nicht gedacht, dass sich so schnell und auch so einfach etwas im Leben ändern lässt. Man muss es nur zulassen. Und wollen. Und man sollte vielleicht auch mit den Menschen in seinem Umfeld darüber reden. Ich werde es jedenfalls tun. Ich werde morgen mit Esmee reden. Nicht direkt über Sid. Vielmehr über meine Erkenntnisse zum Müßiggang und der Achtsamkeit. Ich werde ihr von meinen Erfahrungen erzählen und was mir am Müßiggang auch zukünftig wichtig sein wird.

Im Laufe der letzten Zeit habe ich mir übrigens eine Liste mit Dingen gemacht, die ich dem Müßiggang zuschreibe. Oh, ich glaube ich wiederhole mich, das hatte ich ja vorhin schon angekündigt. Was soll's, manche Sachen kann man nicht oft genug erwähnen. Das sind jedenfalls meine ganz persönlichen Ansichten zu diesem Thema. Das ist weder wissenschaftlich fundiert, noch in irgendwelchen Versuchsreihen erprobt. Nur an mir selbst. Ich kann nur sagen, dass es für mich funktioniert. In diesem Sinne:

Wir müssen wieder lernen, den Müßiggang zu gehen.

My different ways of

Müßiggang…

…and a little bit of

Achtsamkeit

(Copyright by Sid & Christian)

Das aktive Nichtstun

Diese Disziplin war für mich die schwierigste. Zumindest am Anfang. Ich konnte mir überhaupt nicht vorstellen, aus welchem Grund man nichts tun sollte. Es war mir schleierhaft, wie ich aus der Nichterledigung von Dingen einen Mehrwert ziehen sollte. Dabei geht es allerdings gar nicht darum, etwas Bestimmtes zu tun oder eben nicht zu tun. Vielmehr geht es darum, in einzelnen Situationen innezuhalten. Und das kann auf die unterschiedlichsten Arten geschehen.

Das Beispiel mit dem Nachmittags-Wein auf der Terrasse ist für mich eine völlig neue Erfahrung gewesen. Wenn man es genau nimmt, habe ich ja nicht wirklich gar nichts getan. Ihr erinnert euch sicher noch. Ich habe Wein getrunken und in einem Prospekt geblättert. Das Nichtstun war für mich in dieser Situation, die vermeintlich sinnvolle Arbeit einfach liegen zu lassen, um mich etwas Entspannendem zu widmen. Eigentlich war es etwas, das so überhaupt nicht in mein Weltbild passen wollte. Deshalb fiel mir das auch so furchtbar schwer.

Jedenfalls war es ein Moment, in dem mir klar wurde, dass es für den Müßiggang immer ein Zeitfenster geben kann, wenn man es zulässt. Natürlich wäre es komplett daneben, sich hauptberuflich auf das Weintrinken zu konzentrieren, weil es doch so entspannend ist. Aber das ist ja selbstredend. Ich denke, ihr wisst, wie ich das meine. Das funktioniert selbstverständlich nicht, wenn ich während des Nichtstuns die ganze Zeit an das denke, was ich eigentlich hätte tun wollen oder sollen. Und genau da liegt die Schwierigkeit. Wir müssen solche Situationen annehmen und akzeptieren, dass etwas anderes auf der Strecke bleibt oder verschoben wird und uns einfach darauf einlassen. Wir dürfen kein schlechtes Gewissen bekommen oder uns faul fühlen. Im Gegenteil. Wir sollten stolz auf uns sein, etwas Zeit für uns selbst genutzt zu haben. Dafür bedarf es natürlich etwas Übung. Zumindest war es bei mir so. Aber das ist bei fast allem so, was wir dem Müßiggang und auch der Achtsamkeit zuschreiben. Wir müssen üben, einen vermeintlich unproduktiven Augenblick zu genießen. Um dann feststellen zu können, dass wir gerade daraus neue Energie für die produktiven Momente unseres Lebens sammeln können.

Mit Nichtstun verbinde ich auch Situationen, in denen wir zur Überbrückung normalerweise immer das Smartphone zücken, weil wir es nicht mehr ertragen können, einfach zu warten. Es gab verschiedene Situationen, in denen ich das ausprobiert habe. Einige waren toll, in anderen verwende ich nach wie vor das Smartphone. Ich mache mir da auch keinen Druck, jeden Moment für das Nichtstun zu verwenden. Das wäre in meinen Augen übertrieben und würde für mein Empfinden schon an ein Erzwingen von Entspannung grenzen. Das funktioniert mit Sicherheit nicht. Jedenfalls nicht bei mir.

Ein Beispiel, in dem ich es getan und für gut befunden habe, war, als ich auf dem Zahnarztstuhl auf meine Zahnärztin wartete. Ich kannte das Prozedere ja schon. Sobald man auf dem Stuhl lag, dauerte es immer noch mindestens 10-15 Minuten, bis es losging. Manchmal sogar noch länger. Daher hatte ich auch dieses Mal mein Smartphone vorausschauend in die Hosentasche gesteckt und griff sofort danach, sobald mich die nette Zahnarzthelferin platziert und mir das Lätzchen umgebunden hatte. Ich nahm es allerdings doch nicht heraus, sondern erinnerte mich an etwas, das ich vor kurzem beim Stöbern im Internet zu diesem Thema gelesen hatte.

Man soll in bestimmten Momenten einfach nur seine Umgebung aufmerksam beobachten. Sich umschauen, genau hinhören, Kleinigkeiten wahrnehmen und so weiter. Im ersten Moment fiel mir das in einem doch recht sterilen Raum eher schwer. Ich schaute mich um, bis ich feststellte, dass das Bild direkt vor mir einen einsamen Strandabschnitt mit einer einzelnen Person darstellte. Von sehr weit oben fotografiert. Der Mensch, der hier zu sehen war, ist mir vorher nie aufgefallen. Nicht weil er zu klein war. Sondern wohl eher, weil ich das Bild noch nie richtig angeschaut hatte. Wie auch? Ich hatte ja immer mein Smartphone in der Hand. Ich stellte mir vor, wie ich an diesem wunderschönen Strand entlanglaufen würde. Wie kleine Wellen immer wieder meine Füße berühren und ein lauer Wind in mein Gesicht weht. Das war nach einem recht anstrengenden Tag im Büro mit nachfolgendem Zahnarzttermin eine sehr angenehme Vorstellung. Irgendwann wurde ich dann abgelenkt durch Stimmen, die direkt unter dem Fenster des im ersten Stock liegenden Behandlungsraums miteinander diskutierten. Ich konnte zwar nicht genau verstehen, worum es ging, das war aber auch gar nicht so wichtig. Es schien jedenfalls eine sehr angeregte Unterhaltung zu sein. Die Personen zu den Stimmen konnte ich nicht sehen, die Autos, die draußen an der Hauptstraße vorbeifuhren, allerdings schon. Ich beobachtete den Verkehr, wie er sich durch den schmalen Ortskern schlängelte. Es wurde manchmal recht knapp, wenn ein Bus und ein LKW sich entgegenkamen.

Das war alles nicht besonders aufregend. Aber es war entspannend. Entspannend deshalb, weil ich nicht angestrengt in meinem Smartphone nach den neuesten Nachrichten suchte oder doch noch einmal in mein Email-Postfach schaute. Als meine Zahnärztin dann plötzlich den Raum betrat, wunderte ich mich, wie schnell die Zeit vergangen war. Und ich wunderte mich, wie entspannt ich war. Mit dem Smartphone vor dem Gesicht, hatte ich auch immer einen Blick auf die Uhrzeit. Ich ärgerte mich fast minütlich über die Warterei.

An diesem Tag war das allerdings anders. Ich stellte fest, dass ich diese kurze Auszeit sehr genossen hatte. Das mache ich seither immer so.

Ich hatte es ja schon erwähnt. Das sind alles kleine Erlebnisse, die für mich funktionieren. Wenn jemand furchtbare Angst vor dem Zahnarzt hat, wird das mit der aufmerksamen Beobachtung der Umgebung eher nicht das Richtige sein. Es ist eben nur ein Beispiel für nahezu unendlich viele Möglichkeiten. Finden kann man die richtigen Momente für sich selbst am ehesten durch ausprobieren.

Bewusste Zeit mit der Familie

Ich glaube, wir verbringen neben der Arbeit wahrscheinlich fast alle die meiste Zeit mit der Familie. Aber tun wir das auch bewusst? Ich habe bei mir selbst so meine Zweifel. Hier habe ich definitiv Nachholbedarf. Wie ihr schon wisst und es wahrscheinlich schon kaum mehr hören könnt, bin ich zu oft damit beschäftigt, Dinge zu erledigen, die erledigt werden müssen. Das mache ich natürlich zu Hause. Da bin ich bei meiner Familie. Ich ertappe mich aber oft dabei, dass ich dann, wenn alles für den Tag durch ist, nur noch auf die Couch und mich berieseln lassen möchte. Das ist auch legitim. Doch in meinem Fall kommt es mir dann eher wie eine Ausrede vor. Ich habe schließlich alles erledigt, jetzt habe ich Feierabend. Aber muss ich immer alles erledigen? Die Couch könnte zur selben Uhrzeit unter mir sein, auch wenn ich nicht alle „zwingenden" Aufgaben vorher erledigt hätte.

Ich habe den Versuch gemacht, mich zwischendurch auf kleine, bewusste Momente mit meinen Kindern einzulassen. Das können zwanzig Minuten Tischkicker sein. Nichts Besonderes. Aber es ist bewusste Zeit. Und das macht mich währenddessen und auch danach zufriedener. Und die Kinder übrigens auch.

Wenn meine erwachsene Tochter zu Besuch kommt, nehme ich mir die Zeit, mich mit ihr an den Tisch zu setzen und zu reden. Mittlerweile kann ich da schon viele Dinge einfach liegen lassen. Das war aber nicht schon immer so. Hier habe ich ein wenig gebraucht, bis ich den Kopf dafür frei hatte.

Meine Frau hat mir im Sommer einfach so ein Klapprad geschenkt. So ein richtig altes, aber noch gut in Schuss. Das war ein tolles Geschenk. Seither fahre ich damit zum Bäcker, oder einfach so durch den Ort. Es entschleunigt ungemein. Kennt ihr ja schon aus der Geschichte. Meiner Frau habe ich jetzt auch eins gekauft und wir haben uns vorgenommen, gemeinsam zu entschleunigen und mit unseren Klapprädern zusammen durch den Ort zu rollen. Das ist in meinen Augen auch ein bewusstes, gemeinsames Verbringen von Zeit in Form des Müßiggangs.

Ich glaube, es kommt nicht einmal auf die absolute Zeit in Stunden und Minuten an. Es kommt darauf an, wie man sie verbringt und wahrnimmt.

Wir sollten mit dem Kopf immer bei der einen Sache sein. Und das muss man sich besonders bei der Familie immer wieder sagen.

Der Plausch auf der Straße

Kennt ihr das auch? Man ist sogar am Wochenende in der Freizeit komplett durchgetaktet, mit all dem, was in der kurzen Zeit, die man an einem Samstag zur Verfügung hat, abgearbeitet werden sollte. Vielleicht nehmen wir uns auch vor, bestimmte Dinge zu erledigen, bis zu einer festgelegten Uhrzeit, weil wir dann (endlich) etwas Schönes geplant haben. Bis dahin sind wir dann aber so gestresst, dass wir schon gar keine Lust mehr darauf haben. Bei mir war das jedenfalls manchmal so. Und ist es auch teilweise immer noch. Aber ich arbeite daran.

Gerade der entspannte Plausch auf der Straße kommt oft zu kurz. Mit den Nachbarn, auf dem Weg von A nach B oder auf dem Parkplatz des Getränkehändlers. Ich ertappte mich oft dabei, wie ich solche Situationen ungeduldig kurzgehalten habe, oder ihnen vorausschauend aus dem Weg ging, nur um mit meinen Pflichtaufgaben fertig zu werden. Das hat mir zwar noch nie gefallen, aber getrieben durch meinen Pflichterfüllungszwang, konnte ich das nicht genießen. Irgendwann habe ich mich gefragt warum? Und es fiel mir keine plausible Erklärung ein. Daher wollte ich mich bessern. Und in Teilen gelingt mir das auch schon ganz gut.

Ich will nicht mehr mit Scheuklappen durch die Gegend hetzen, nur um am Ende des Tages einen Haken an möglichst viele Aufgaben zu machen. Natürlich mache ich immer noch vieles, weil ich müsste, oder sollte. Aber ich nehme mir eben auch Zeit für andere Sachen und dazu gehört ganz bewusst der Plausch auf der Straße.

Was dieses Thema angeht, war ein sehr schönes Erlebnis, wie ein Tässchen Kaffee vor der Haustüre in der Herbstsonne sich zu einem mehrstündigen Gespräch mit Freunden und Nachbarn entwickelte. Nach und nach kamen immer mehr dazu. Es blieb auch nicht nur beim Kaffee, es folgte noch das eine oder andere Bier und wir trennten uns erst, als die Sonne verschwand und es kühl wurde. Es war so schön, sich darauf einzulassen und alles andere liegen zu lassen.

Und tatsächlich, die Welt ging danach nicht wegen unerledigter Aufgaben unter. Im Gegenteil, ich ziehe mittlerweile sehr viel Energie aus diesen Momenten, die ich einfach geschehen lasse, ohne an meine Pflichten zu denken. Vielleicht klingt das lächerlich, aber ich bin dann irgendwie stolz auf mich, den Müßiggang gegangen zu sein.

Zeit mit Freunden

Zeit mit Freunden. Das ist doch eine der besten Zeiten, die es gibt. Für mich einer der schönsten Müßiggänge überhaupt. Doch wie oft nimmt man sich die Zeit? Wahrscheinlich auch wieder viel zu selten.

Man ist da oft zu bequem, zu nachlässig. Natürlich kann die Entspannung auch auf der Couch stattfinden. Das sollte sie auch. Aber vielleicht nicht immer. Bei mir persönlich habe ich mit zunehmendem Alter feststellen müssen, dass ich meine Couch immer mehr in mein Herz geschlossen habe. Ich freute mich schon lange vorher darauf. Natürlich ist das alles ein schmaler Grat. Schließlich ist es ja auch sehr entspannend.

Doch in der Zeit, die man mit Freunden verbringt, wird viel gelacht, diskutiert, über das ein oder andere Thema auch gestritten oder man trifft sich zu gemeinsamen Aktivitäten. Das geht eben von der Couch aus nicht. Das alles kann in meinen Augen Müßiggang sein. Das alles machen wir nur, weil wir es wollen. Es zwingt uns niemand. Und genau deshalb ist es so wichtig.

In dieser Zeit können wir aus dem Alltag fliehen, in Erinnerungen schwelgen oder Pläne schmieden. Fernab von Dingen, die wir müssen. Wir befinden uns ausschließlich bei Dingen, die wir wollen. Selbst wenn wir zeitlich extrem eingespannt sind, von Termin zu Termin hetzen und eigentlich, aber auch nur eigentlich, keine Möglichkeit sehen, Zeit mit Freunden zu verbringen, sollten wir es tun. Gerade dann müssen wir uns diese Zeitinsel schaffen, auf der wir uns mit angenehmen Dingen befassen. Das trägt dazu bei, den sonstigen Stress viel besser zu verarbeiten. Dabei kann der Akku wieder aufladen und wir können die Dinge, die wir müssen, wieder besser angehen.

Freunde reflektieren uns und geben uns im Idealfall auch sehr unbequeme Hinweise darauf, wenn wir falsche oder ungesunde Schwerpunkte setzen.

Zeit mit Freunden ist immer ein Gewinn.

Sport - Kann Sport Müßiggang sein?

Diese Frage kann ich nur mit einem ganz deutlichen und lautstarken JA beantworten. Allerdings ist das in diesem Fall eher individueller Natur. Viele werden mir hier zustimmen, genauso viele werden mir den Vogel zeigen und nicht mehr als ein müdes Lächeln dafür übrighaben. Das ist aber völlig in Ordnung so. Hier scheiden sich wahrscheinlich die Geister. Was für den einen ein Quell an Endorphinen darstellt, ist für den anderen eine nicht enden wollende Tortur. Das ist für mich wieder eines der Beispiele, dass Müßiggang und Achtsamkeit nur individuell definiert werden können. Natürlich gibt es Dinge, die wahrscheinlich jedem guttun. Doch um ein Gesamtpaket für sich selbst zu schnüren, ist auch jeder für sich selbst verantwortlich. Das kann kein anderer übernehmen. Ein anderer kann lediglich eine Auswahl an Möglichkeiten bieten, im besten Fall sogar aus eigener Erfahrung berichten.

Natürlich ist Sport anstrengend. Aber Sport ist auch gleichzeitig befreiend. Und das auf sehr unterschiedliche Art und Weise.

Das Laufen ist, und hier rede ich wieder nur für mich persönlich, die einfachste Form, sich etwas Gutes zu tun. Laufklamotten anziehen und los geht's. Direkt vor der Haustüre, ohne Anfahrt und auch ohne viel Raum für Ausreden. Laufen geht (fast) immer. Auch hier gibt es natürlich individuelle Neigungen oder auch körpereigene Restriktionen, wie Hitze, Kälte oder Biorhythmus. Die fehlende Zeit ist auch bei mir selbst immer nur eine billige Ausrede. Wenn man die einem zur Verfügung stehende Zeit vielleicht wochenweise und nicht tageweise betrachtet, sollte immer wieder ein Zeitfenster planbar oder auch kurzfristig zu ergreifen sein.

Beim Laufen kann ich wunderbar abschalten, wenn ich alleine unterwegs bin. Im Idealfall hört der Kopf irgendwann auf zu grübeln und man läuft einfach nur, schaut sich dabei die Umgebung an oder hört auf sein Inneres. Das Atmen, das Abrollen der Laufschuhe auf dem Waldboden oder das Knacken im Knie. Man nimmt sich und seine Umgebung sehr intensiv wahr. Beim Laufen zu zweit lenkt oft ein gutes Gespräch von der Anstrengung ab und man bewegt sich fast schon unbewusst. Ein lockerer Austausch während des Laufes kann daher ebenfalls befreiend sein. Gerade wenn man einen Laufpartner mit demselben Rhythmus und einer ähnlichen Kondition und denselben Zielen hat.

All das erfordert natürlich eine entsprechende Fitness. Und eines gebe ich gerne zu. Wenn ich zu lange nichts gemacht habe, brauche ich ein paar Laufeinheiten, um den Sport wieder als Müßiggang zu bezeichnen. Es wäre schlichtweg gelogen und unnötig glorifiziert, wenn man behaupten würde, es wäre in jeder Situation ein tolles Gefühl. Man muss sich das erarbeiten.

Für mich ist auch das Fahren mit dem Mountainbike durch die umliegenden Wälder Entspannung pur. Mit dem Rad kann man einfach längere Strecken als beim Laufen zurücklegen. Der Radius vergrößert sich. Dabei lernt man seine Umgebung besser kennen. Entdeckt Stellen im Wald, die man sonst nie sehen würde. Gerade auf unebenen, abfallenden Strecken muss man sich sehr auf das Fahren an sich konzentrieren. Was einen wiederum davon abhält, zu viel über Alltagsprobleme nachzudenken. Der Kopf wird frei, die Gedanken beschränken sich ausschließlich auf den zurückzulegenden Weg. Und genau diesen Zustand sollte man genießen und für sich festhalten. Das sind die ersten Momente, in denen man am einfachsten nur bei der einen Sache, die man genau in diesem Moment tut, bleiben kann.

Und es gibt natürlich noch viele Sportarten oder Aktivitäten mehr, die denselben Effekt haben können. Das AH-Training mit Kabinenbier und Taktikbesprechung in der Dorfkneipe kann genauso befreiend sein wie ein Tennismatch. Wichtig ist nur, dass man es bewusst macht. Für mich ist ein wesentlicher Faktor, um beim Sport zu entspannen, dass ich nicht gehetzt bin und nicht irgendetwas reinquetsche, nur damit es gemacht ist. Das funktioniert zwar auch gelegentlich und ich kann mir dann wenigstens einreden, etwas für die Gesundheit gemacht zu haben. Doch langfristig hätte das nichts mehr mit Müßiggang zu tun. Hier ist es wie bei allem anderen auch. Nur was ich gerne tue, kann ich am Ende als Mehrwert für mich verbuchen.

Es kann auch eine gute Idee sein, sich die bewussten Momente aufzuschreiben, oder zu merken. So wie es individuell am besten passt. Ich versuche mir die Momente des Müßiggangs oder der Achtsamkeit wenigstens für den Zeitraum einer Woche zu merken und denke dann in einer ruhigen Minute darüber nach. Meistens kommt da ganz schön was zusammen und dann darf man auch stolz auf sich sein.

Der kleine Moment zwischendurch

Es gibt immer wieder diese kleinen Momente, die man selbst zu etwas Besonderem machen kann. Einfach so, wenn es sich ergibt. Die Kunst dabei ist es, diesen Moment zu erkennen und sich darauf einzulassen. Vielleicht klingt das etwas übertrieben, wenn ich von etwas Besonderem rede. Allerdings habe ich gelernt, dass gerade die kleinen Dinge, über die man sich einfach so und teilweise auch unerwartet freuen kann, sehr wohl außergewöhnlich sein können.

Hier ein kleines Beispiel. Ich habe mir für mein Motorrad auf Anraten eines Bekannten ein Erhaltungsladegerät angeschafft. Ich wusste nicht einmal, dass es so etwas überhaupt gibt. Dadurch spare ich mir über den Winter das Ausbauen der Batterie und scheinbar ist das auch noch besser als eine komplette Entladung. Das Anklemmen war aufgrund der Platzverhältnisse etwas schwierig. Nach ein paar Versuchen hat dann alles gehalten und das Ladegerät seinen Dienst aufgenommen. Da es etwas dauert, bis das Gerät und die Batterie im Erhaltungsmodus angekommen sind, bin ich am nächsten Tag in die Garage, um zu sehen, ob alle Lämpchen, wie in der Beschreibung vorgegeben, auch wirklich leuchteten. Und tatsächlich, das Gerät war im Erhaltungsmodus angekommen und ich habe mich darüber gefreut. Wie gesagt, nicht besonders spektakulär, doch ich konnte mich eine ganze Weile an dem Anblick der Lämpchen erfreuen.

Und da gibt es natürlich unzählige Möglichkeiten. Ich finde, sich zu freuen, ist ein sehr achtsamer Moment. Daher sollte man sich dieser kleinen Erlebnisse bewusst sein. Es gibt so viele davon, die uns allerdings in der Eile oft verloren gehen.

Wenn der Wein nach dem Öffnen ins Glas gegossen wird, freue ich mich über das Gluckern, das tatsächlich bei vielen Flaschen sehr unterschiedlich klingen kann.

Ich kann mich im Sommer nach dem Rasenmähen auf die Terrasse setzen und freue mich über ein gleichmäßiges Grün. Der Blick über die Heimatgemeinde, von einem erhöhten Punkt aus. Wenn der Latte Macchiato zuhause auch in drei unterschiedlichen Farbtönen im Glas angekommen ist.

Oder die vielen Dinge, die für uns selbstverständlich sind. Wir sollten dankbar sein und uns an alltäglichen Dingen erfreuen. Es ist nicht selbstverständlich, mehr zu haben, als man zum Leben braucht. Wir haben ein unwahrscheinliches Glück, da wir in Mitteleuropa geboren sind. Das haben wir uns nicht verdient, das war nur Zufall.

Innehalten und genießen

Einfach mal kurz anhalten und sich umschauen. Das ist etwas, das ich komplett verlernt hatte. Meistens ist man unterwegs, um von A nach B zu kommen. In diesem Fall ist es tatsächlich schwierig, sich Zeit für seine Umgebung zu nehmen. Und anhalten geht schon mal gar nicht.

Angefangen hat das bei mir erst wieder, als ich mich nach 25 Jahren Abstinenz wieder auf ein Motorrad gesetzt hatte. Denn hier fahre ich nicht, um von A nach B zu kommen. Sondern ich fahre von A nach B, um den Weg dazwischen zu genießen. Ich muss zugeben, dass die ersten Male, die ich angehalten habe, nur dazu dienten, an einem schönen Ort ein schönes Foto von meinem Motorrad und mir zu machen. Dabei ist mir aufgefallen, wie entspannend das kurze Anhalten an einer schönen Stelle eigentlich sein kann. Vor allem an Orten, die tatsächlich im näheren Umfeld des Heimatdorfes sind. Ich stellte fest, dass ich meine Nachbarschaft nur sehr oberflächlich kannte. Und das ist immer noch so. Aber ich habe mir vorgenommen, meine nähere Umgebung genauer kennenzulernen. Irgendwann habe ich dann angefangen, nach dem Schnappschuss mit dem Smartphone einfach noch eine Weile stehen zu bleiben. Ich habe mich umgesehen. Meistens an

Stellen, die mir einen weiten Blick über die Landschaft geboten haben. Das waren Momente, in denen ich es gut gedanklich geschafft habe, einfach nur an diesem Ort zu sein, den Blick auf die Landschaft zu genießen und auch nur darüber nachzudenken.

Ihr müsst ausprobieren, was für euch das Richtige ist. Meistens sind es Dinge, mit denen man gar nicht rechnet. Ich habe für mich festgestellt, dass ich die Landschaft auf dem Motorrad sitzend, völlig anders wahrnehme, als vom Auto aus. Ich habe noch nicht herausgefunden, woran das letztendlich liegt. Vielleicht ist es auch wieder nur ein ganz individuelles Empfinden. Was mir aber auch wieder völlig egal ist, denn es erfüllt wunderbar seinen Zweck.

Beim Spazierengehen kann man sich fast pausenlos umschauen. Da müsste man nicht einmal anhalten. Egal ob im Ort, in der Stadt, auf den Feldern oder im Wald. Es gibt soviel zu sehen, wenn man sich nur darauf einlässt. Es ist ein erfüllendes Gefühl, wenn einem die Schönheit der näheren Umgebung bewusst wird und nicht nur stur von A nach B läuft. Achtet einfach mal etwas genauer auf das gewohnte Umfeld. Ihr werdet sehen, dass euch vieles schon lange nicht mehr aufgefallen ist.

Letztendlich ist es aber auch ganz egal, in welcher Situation man kurz innehält und den Augenblick, sowie das was man vor sich hat, genießt. Es können auch die Geräusche sein, die man bewusst wahrnimmt. Manchmal stellt man überrascht fest, dass man sogar die alltäglichen Geräusche nicht mehr wahrnimmt. Tun wir es dann doch, erinnern sie uns vielleicht an Momente aus der Kindheit oder Erlebnisse mit Freunden.

Wichtig ist nur, dass man sich ein wenig Zeit nimmt, um etwas bewusst wahrzunehmen. Dadurch verschwinden für eine kurze Zeit die Gedanken an alles, was uns umtreibt oder was wir noch zu tun haben.

Sich einfach mal nicht ärgern

Sich nicht über Dinge zu ärgern, die man nicht beeinflussen kann, hat eine unglaublich befreiende Wirkung. Selbstverständlich kann das nur funktionieren, wenn das potentielle Ärgernis einen selbst oder das nähere Umfeld nicht direkt negativ beeinflusst. In dem Fall funktioniert das nicht, zumindest nicht bei mir persönlich.

Hilfreich ist hier allerdings, dass man in manchen Situationen das eigene Anspruchsdenken etwas zurückschraubt. Ein wunderbares Beispiel ist hier für mich die Politik. Hier gibt es täglich Dinge, über die ich mich ärgern könnte, aber definitiv nicht beeinflussen kann. Zumindest nicht, wenn ich nicht auch bereit bin, selbst politische Verantwortung zu übernehmen. Das steht ja jedem frei. Es ist beeindruckend, wie groß hier oft der persönlich empfundene Ärger über die sozialen Medien breitgetreten wird. Fragwürdige Kommentare werden geteilt, ohne Hintergründe zu hinterfragen und vieles mehr. Doch gerade hier müssen wir uns doch immer wieder fragen, wie wir selbst entscheiden würden, hätten wir die Verantwortung für ein ganzes Land. Würden wir uns das überhaupt zutrauen? Es gehört auch ein bisschen Mut dazu, sich solchen Aufgaben zu stellen. Man macht sich öffentlich und setzt sich natürlich täglich und in jedem Aspekt des eigenen Handelns der Beurteilung von selbsternannten Experten aus, die grundsätzlich alles besser wissen. Aber im Nachhinein beschweren kann sich eben jeder. Das ist einfach. Etwas selbst zu tun ist dagegen ungleich schwerer. Gerade hier versuche ich für mich zu unterscheiden, was mich wirklich beeinflusst und was nicht. Und vor allem versuche ich Entscheidungen mit anderen politischen Systemen zu vergleichen und komme oft zu dem Schluss, dass das unsere in Gänze wohl doch kein schlechtes ist. Ich bin dankbar dafür, in Mitteleuropa geboren zu sein. Dafür kann ich nichts. Dazu habe ich rein gar nichts beigetragen. Aber ich kann jeden Tag davon profitieren. Und das wiederum lässt mich in vielen Bereichen sehr gelassen sein. Dadurch kann ich über einiges hinwegsehen und für mich entscheiden, dass mich selbst unglückliche politische Entscheidungen nur am Rande tangieren. Daher ärgere ich mich oft auch nicht.

Generell müssen wir uns die Karten legen, was uns ärgern soll und was nicht. Egal in welchem Bereich. Es lohnt sich nicht, wenn wir uns über unwichtige Dinge ärgern. Das ist definitiv verschwendete Energie. Mir persönlich hat hier geholfen, darüber nachzudenken und tatsächlich Dinge und Situationen für mich zu definieren, über die ich mich auf keinen Fall ärgern will. Das ist ein Prozess, der nicht von heute auf morgen umsetzbar ist. Allerdings lohnt es sich ungemein, immer wieder zu hinterfragen, ob das jetzt etwas ist, worüber ich mich ärgern will oder nicht. Das funktioniert natürlich nur mit etwas Abstand und Erfahrung. Während man sich über etwas intensiv aufregt, ist es ja schon zu spät. Das ist der falsche Zeitpunkt. Doch in der Regel ist es doch so, dass es uns beschäftigt, wenn wir uns ärgern. Auch im Nachhinein. Und das ist dann ein guter Zeitpunkt. Fordert euch auf, ehrlich zu euch selbst zu sein. Warum habt ihr euch geärgert? Hinterfragt es genau. War es nötig? Hat es sich gelohnt? Und vor allem: Hat es irgendetwas geändert oder zum Positiven beeinflusst?

Etwas zum ersten Mal machen

Die großen Dinge, die wir zum ersten Mal machen, sind wahrscheinlich alle schon durch. Der erste Kuss, die erste Liebe, der erste Liebeskummer, der erste Pickel, das erste Mal ein Auto fahren, die erste Wohnung, das erste Kind und wohl noch vieles mehr. Aber machen wir, wenn wir älter werden, auch noch Dinge zum ersten Mal?

Ich glaube schon. Nein, ich weiß es. Wir machen ständig Dinge zum ersten Mal, nur nehmen wir sie nicht mehr wahr. Zumindest nicht so, wie wir rückblickend die „großen" Dinge des Lebens zum ersten Mal wahrgenommen haben. Es verschwindet einfach im Überfluss der Erlebnisse, die unsere schnelllebige Zeit so mit sich bringen.

Irgendwann habe ich angefangen, darauf zu achten. Was mache ich mit knapp 50 Jahren tatsächlich zum ersten Mal? Meistens sind es wirklich unbedeutende Dinge, wenn man sie nicht näher beachtet. Doch genau darin liegt die Kunst. Es muss nicht immer der große Wurf sein. Der Moment, in dem ich wahrnehme, etwas zum ersten Mal zu machen, ist ein besonderer Moment und ich freue mich darüber. Einfach so. Das ist ein kleiner Augenblick der Achtsamkeit, in dem ich mir dessen, was ich gerade tue, spürbar bewusst bin. Wenn man so aus dem Nichts heraus darüber nachdenkt, kommt man wahrscheinlich wirklich nicht darauf, was das alles sein könnte. Hier sollte man nichts Besonderes in seinen Gedanken suchen.

Das kann beispielsweise etwas sein, das man zum ersten Mal kocht. Ich kann mich noch sehr lebhaft an den Tag erinnern, als meine Frau das erste Mal Schupfnudeln selbst machen wollte. Erst den Teig, dann das Rollen. Hört sich eigentlich gar nicht schwierig an. Ist es sicher auch nicht, wenn man etwas Übung hat. Doch bei uns war es ein Abenteuer und ein bleibendes Erlebnis. Das war dann auch der Tag, an dem ich das erste Mal Schupfnudeln rollte. Es hat sage und schreibe fast vier Stunden gedauert, bis wir endlich essen konnten. Ich bin fast verhungert. Aber es war auch sehr lustig und geschmeckt hat es am Ende auch noch. Ich war noch niemals so mit Teig verklebt. Wir trugen mit jeder Schupfnudel einen erbitterten Kampf aus. Ich weiß nicht mehr, wieviel Mehl wir verbraucht haben, damit der Teig nicht so klebt. Es war jedenfalls eine Menge.

Das kann auch eine neue Strecke mit dem Fahrrad sein. Einfach mal anders abbiegen und schauen, wo der Weg hinführt. Und sich im Idealfall nicht darüber ärgern, wenn man feststellt, dass man keine Ahnung mehr hat, wo man denn jetzt eigentlich ist. Irgendein Weg wird wieder nach Hause führen.

Ich probiere leidenschaftlich gerne neue Weine. Wein ist ein unerschöpflicher Quell an ersten Malen. Zumindest wenn man Wein mag. Wein trinkt man ja auch nicht ausschließlich. Man schaut ihn an, definiert die Farbe, riecht daran, versucht Geschmacksnoten herauszufinden, schmeckt den Wein auf der Zunge, am Gaumen und stellt fest, wie der Abgang ist. Wobei ich nach wie vor erbärmlich schlecht darin bin, zu beschreiben, wonach der Wein genau schmeckt. Besser gesagt deckt es sich eher selten mit dem, was in der Beschreibung des Weines zu finden ist. Naja, ich arbeite auch daran.

Ich habe vor kurzem das erste Mal in meinem Leben ein Gitarrensolo einstudiert. Das ist natürlich nichts Außergewöhnliches. Andere Gitarristen machen das ständig. Ich bin aber ein ausgesprochen fauler und genügsamer Gitarrist. Für mich war es ein erstes Mal. Und das war klasse. Keine Ahnung, ob ich das nochmal angehe, aber ich bin extrem froh, es gemacht zu haben.

Es gibt ganz viele Möglichkeiten, Dinge zum ersten Mal zu machen. Probiert es einfach aus.

Die Supermarktkassenschlange-Challenge

Das mit der Schlange an der Kasse des Supermarktes habe ich mal irgendwo gelesen und im ersten Moment gedacht, da will mich jemand auf den Arm nehmen. Vor allem, weil dabei noch der Vorschlag gemacht wurde, man solle sich die längste aussuchen und zwischendurch noch jemanden vorlassen. Was für ein unglaublicher Blödsinn.

Ich habe es trotzdem ausprobiert. Und es war tatsächlich eine sehr überraschende Erfahrung. Aber ich werde hier wohl etwas ausholen müssen, sonst haltet ihr mich wahrscheinlich für genauso dämlich, wie ich diese Herausforderung ursprünglich einschätzte.

Es soll darum gehen, zu warten. Und zwar nur zu warten. Ohne sich pausenlos darüber aufzuregen, warum die Schlange in der man steht, die langsamste ist. Oder warum der Kassierer das Problem mit dem nicht funktionierenden Barcode nicht alleine lösen kann und die Marktleiterin ruft. Man soll die Gedanken ausblenden, an alles, was man in dieser Zeit Sinnvolleres tun könnte. Denn realistisch betrachtet, handelt es sich ja nur um ein paar Minuten. Ein paar Minuten, in denen man sich maßlos aufregen kann, oder eben nicht. Denn eines ist sicher. Ich kann die Geschwindigkeit, mit der sich die Menschen vor mir bewegen, weder mit regelmäßigem lautem Durchatmen erhöhen, noch wird mein verärgertes Gemurmel irgendetwas an der Situation ändern. Und das weiß ich genau, ich habe schon alles ausprobiert. Ich kann die Situation nicht beeinflussen. Genauso viel Erfolg hätte ich, wenn ich versuchen würde, einen Stau auf der Autobahn durch ständiges Hupen aufzulösen.

Also habe ich mich in die Reihe gestellt. Ich musste nicht einmal die längste auswählen, denn es war eh nur eine Kasse geöffnet. Normalerweise reichte das schon aus, um meine Halsschlagader sichtbar zum Pochen zu bringen. Und daher war die Schlange sowieso schon länger, als sie hätte sein müssen. Das war gleich die erste Herausforderung. Okay, ich hätte jetzt laut in den Supermarkt rufen können, wie bescheuert man sein kann, nur eine Kasse zu öffnen, wenn der Markt rappelvoll war. Doch stattdessen habe ich mir Gedanken darüber gemacht, was vielleicht dazu geführt haben könnte. Gleich nachdem ich die neun Kunden vor mir durchgezählt hatte. Möglicherweise war der Andrang ungewöhnlich hoch zu dieser Uhrzeit. Oder die Kollegin, die die zweite Kasse hätte bedienen können, kämpfte gerade auf der Toilette mit einer Magendarmverstimmung. Vielleicht ist die Kollegin auch gar nicht gekommen und es war generell zu wenig Personal an diesem Tag verfügbar. Plötzlich waren die ersten beiden Kunden schon abgefertigt und es waren nur noch sieben vor mir. Ich war in diesem Moment schon ein wenig stolz auf mich, schließlich hatte ich die erste Herausforderung schon gemeistert. Ich fühlte mich überraschend gut.

Nachdem ich ein paar weitere Möglichkeiten durchdacht hatte, machte ich mir Gedanken über die Wartenden vor mir in der Schlange. Den ein oder anderen kannte ich flüchtig, andere waren mir völlig fremd. Es ist nicht so, dass ich versucht habe, mir eine Meinung über diese Menschen zu bilden. Vielmehr habe ich mir völlig wertfrei vorgestellt, was wohl an diesem Abend von den Einkäufen in der Pfanne landen wird, oder ob mit dem Einkauf eine Großfamilie versorget werden soll, oder ob ein Single-Haushalt mit einem Fertiggericht den Hunger stillt. Ich habe darüber nachgedacht, ob ich daraus vielleicht auch eine Idee für ein Essen zuhause ableiten könnte. Was natürlich eher schwierig war, denn wie schon erwähnt, war ich ja ein erbärmlicher Koch. Und das bin ich immer noch.

Es ist wirklich überraschend, was einem alles auffällt, wenn man darauf verzichtet, sich über eine Situation zu ärgern und sich stattdessen mit allen Sinnen seiner Umgebung widmet. Natürlich will man nicht alles sehen oder riechen, was einem in der Schlange geboten wird. Trotzdem funktioniert es, die Zeit dadurch sehr entspannt zu verbringen. Zumal ich ja definitiv in derselben Zeit mit meinen Einkäufen den Markt verließ, ohne mich über die Dinge zu ärgern, die ich nicht beeinflussen konnte.

Und am Ende habe ich es tatsächlich getan. Ich ließ jemanden, der nur zwei Sachen in der Hand hatte, vor mich in die Schlange. Ich tat das mit einem Lächeln und der Gewissheit, an diesem Tag eine für meine Verhältnisse reife Leistung vollbracht zu haben. Ich achtete sogar noch darauf, wie groß am Ende der Zeitverlust durch das Vorlassen war. Es war lächerlich. Die zwei Sachen waren in nicht einmal einer Minute über den Scanner, bezahlt und im Rucksack verstaut. Es war ein tolles Gefühl. Wie gesagt, vielleicht haltet ihr mich für verrückt. Es ist allerdings so, dass ich seit einiger Zeit viel entspannter warten kann. Das ist ein unglaublicher Mehrwert.

Zeit für Genuss

Genießen zu können und sich Zeit für Genuss zu nehmen erhöht die Lebensqualität und macht glücklich.
Leider geht manchen Menschen im stressigen Alltag
ihre natürliche Fähigkeit zu genießen verloren. Man
verlernt, sich die Zeit dafür zu nehmen.
Der Alltag an sich bietet da schon viele Gelegenheiten,
etwas zu genießen. Man muss das gar nicht groß planen. Auch hier zählt die Maxime: Man muss es nur bewusst tun. Der erste Schluck Kaffee am Morgen, eine
heiße Dusche nach einem Spaziergang in der Winter-
zeit, ein nettes Gespräch mit Kollegen während der Arbeit. Wir sind oft zu beschäftigt, um die kleinen Dinge
wahrzunehmen. Genuss bedeutet auch für jeden Menschen etwas anderes. Jeder muss selbst herausfinden,
was das sein kann.
Wir müssen uns Zeit nehmen. Genuss findet nur statt,
wenn wir uns die Zeit dazu nehmen. Das muss auch
nicht lange sein, dazu reichen oft schon wenige Minuten. Manchmal reicht ein Augenblick.
Wir müssen uns Genuss zugestehen. Genuss muss erlaubt sein. Bei allem Leistungsdruck und dem Drang
produktiv zu sein, muss auch der Moment des Müßiggangs erlaubt sein.

Wir müssen aufmerksam sein, sonst nehmen wir den Genuss nicht richtig wahr. Wenn ich mir im Vorbeilaufen ein Stück Schokolade in den Mund schiebe und gedanklich schon wieder weiter bin, hätte ich mir die zusätzlichen Kalorien auch sparen können. Es ist doch viel schöner, den Geschmack bewusst wahrzunehmen. Auch wenn es nur ein paar Sekunden sind.

Einfach mal etwas Gutes tun

„You are never too important to be nice to people."

Ich finde, das ist ein kleiner Satz mit einer großen Bedeutung. Man kann das „wichtig" auch mit „beschäftigt" oder anderen Wörtern beliebig austauschen, die uns vielleicht manchmal davon abhalten, etwas Gutes zu tun. Es kann so einfach sein, sich selbst und anderen einen kleinen Glücksmoment zu bescheren.

Freundlich zu sein, führt oft dazu, dass wir von anderen geschätzt werden. Allein das stärkt schon die Beziehung zu unseren Mitmenschen. Aber nicht nur das, es fühlt sich auch großartig an. Unser Gehirn reagiert mit der Ausschüttung von Endorphinen und Dopamin, wenn wir die Freude in den Augen unseres Gegenübers sehen.

Wir sollten uns fragen, mit wem wir gerne Zeit verbringen. In der Regel wird uns ein Mensch, der freundlich zu anderen ist und selbst Gutes tut, lieber sein, als ein Mensch der nur an sich selbst denkt. Es ist wichtig, dass man zu anderen so ist, wie man selbst gerne behandelt werden würde. Dabei ist es ja auch sehr einfach, etwas Gutes zu tun. Wir können uns beispielweise einfach für etwas bedanken, das in der Beziehung, im Freundeskreis oder auch im Arbeitsumfeld selbstverständlich geworden ist. Grüße andere Menschen mit einem ehrlichen Lächeln im Gesicht. Biete im Bus einen Sitzplatz an. Beschenke einen Obdachlosen. Spende für einen guten Zweck. Nimm dir Zeit für ein Gespräch mit Menschen, die du häufig siehst, aber meistens aus Zeitgründen schnell an ihnen vorbeiläufst. Engagiere dich ehrenamtlich. Und erwarte keine Gegenleistung.

Es gibt unzählige Möglichkeiten. Niemand muss den Anspruch an sich haben, in allen Bereichen zum Gutmenschen zu mutieren. Doch wird es jedem möglich sein, etwas für sich zu entdecken. Es wird sich lohnen.

Schlusswort

Ich bilde mir nicht ein, dieses Thema für mich irgendwann vollumfänglich abschließen zu können. Ich werde immer ein Lernender sein. Das ist auch in Ordnung so. Ich kann mich mittlerweile über so viele Dinge freuen, die vielleicht schon immer da waren, ich aber nie wahrgenommen habe. Ich hatte ja schließlich auch keine Zeit.

Mittlerweile schaffe ich es tatsächlich, mich auf Unproduktives einzulassen. Ich kann das genießen, ohne darüber nachzudenken, ob ich meine Zeit hätte sinnvoller nutzen können. Allein das ist ein großer Erfolg, zumindest für mich. Ich bin mittlerweile davon überzeugt, dass Müßiggang und Achtsamkeit einen Platz in unserem Leben finden müssen. Wie dieser Platz aussieht, muss allerdings jeder selbst für sich persönlich entdecken. Etwas Theorie hilft an der einen oder anderen Stelle mit Sicherheit. Sie regt die eigene Fantasie an und bietet uns Vorschläge und Ideen, über die wir nachdenken können. Etwas Vorgefertigtes aus den Gedanken eines anderen wird aber eher nicht zufriedenstellend sein. Zumindest nicht auf Dauer und nicht für mich.

Ich glaube, die Kunst liegt darin, in seinem ganz persönlichen Fall einen gesunden Mittelweg zu finden. Wir werden immer Dinge tun, die wir tun müssen, aber keine Lust darauf haben. Das ist auch überhaupt nicht schlimm. Zumindest dann nicht, wenn ich über einen anderen Weg Ausgleich dazu finde. Das kann auf sehr vielfältige Weise geschehen. Das müssen wir ausprobieren. Und wenn etwas in die Hose geht, probieren wir eben etwas anderes.

Ich werde jedenfalls mein inneres Faultier hegen und pflegen. Ich werde mir immer wieder vor Augen führen, dass wir wieder lernen müssen, den Müßiggang zu gehen. Da ist definitiv etwas dran. Das hat einen sehr positiven Einfluss auf mein Wohlbefinden. Es tut einfach gut, sich aus dem Hamsterrad unseres Alltags herauszunehmen und etwas für sich selbst zu tun, ohne dabei das Gefühl haben zu müssen, egoistisch oder gar faul zu sein.

In diesem Sinne: Immer schön müßiggehen...

Die Geschichte hinter der Geschichte

Dieses Mal wird die Geschichte hinter der Geschichte eine eher kurze werden. Denn vieles davon war bereits im Buch enthalten. Allerdings lasse ich offen, was tatsächlich genauso wie in Christians Reise zum Müßiggänger passiert ist und was ich mir ausgedacht habe. Das überlasse ich der Fantasie des Lesers. Es ist definitiv nicht genauso abgelaufen, wie Christian es erlebt hat. Manches aber schon.

Eine Sache hat sich auf jeden Fall so abgespielt, wie es sich bei Christian zugetragen hat. Das ist jetzt schon eine ganze Weile her, war aber der Auslöser, der mich dazu brachte, mich überhaupt mit diesem Thema zu befassen.

Wir müssen wieder lernen, den Müßiggang zu gehen.

Diesen Satz habe ich schon vor Jahren als Überschrift in meiner Tageszeitung gelesen. Und wie in Christians Geschichte, habe ich an diesem Morgen deutlich mehr Zeit mit der Zeitung an der Küchenzeile verbracht, als das sonst der Fall war. Ich war hin und hergerissen zwischen Bewunderung und Verwunderung. Zum einen konnte ich mir nur sehr schwer vorstellen, was denn genau mit Müßiggang gemeint war. Mir kam auch selbst sofort der Gedanke an Faulheit in den Sinn. Ich begriff nicht direkt, inwiefern mir das weiterhelfen sollte. Zum anderen wurde mir klar, dass wir uns oft in einem Teufelskreis der eigenen Ansprüche befinden. Zusätzlich noch etwas angereichert mit den Erwartungen unseres Umfelds. Eine knifflige Situation, ein für mein Empfinden gewagter Denkansatz und nach einiger Zeit des Nachdenkens eine ziemlich treffende Beschreibung eines sich immer weiter verbreitenden Problems unserer Gesellschaft. Bei der Verfolgung unserer Ziele und der Erfüllung von Pflichten achten wir viel zu wenig auf uns selbst.

Christian hat in dieser Geschichte zwei sehr intensive Wochen erlebt. So schnell wird das in Wirklichkeit niemals geschehen oder auch nur ansatzweise umsetzbar sein. Bei mir hat sich die Zeit der Erkenntnis tatsächlich über Jahre gezogen. Jahre, in denen mich dieser Satz nicht mehr losgelassen hat. Ich habe mir immer wieder Gedanken darüber gemacht, wie ich etwas Müßiggang in meinen Alltag integrieren könnte. Selbstverständlich habe ich auch vieles nachgelesen. Ich habe versucht, für mich zu definieren, was denn der Müßiggang überhaupt sein könnte. Auch das Thema Achtsamkeit habe ich mir zu Gemüte geführt. Und hier deckte sich meine ursprüngliche Einstellung tatsächlich mit der von Christian. Ich fand anfangs keinen Zugang und hegte Zweifel. Es dauerte eine Weile, bis ich bereit war, mich zu öffnen. Doch genau wie Christian habe ich versucht, aus der Vielzahl an Informationen und Möglichkeiten die für mich passenden herauszufinden. Und am Ende hat alles seine Berechtigung. Die Kunst dabei bleibt, das Richtige für sich herauszupicken. Manches haben wir vielleicht bereits in unser Leben integriert, gehen aber nicht entspannt genug an die Sache heran.

Was mich am Ende dann dazu gebracht hat, all das in Form eines kleinen Buches aufzuschreiben, kann ich gar nicht mehr genau sagen. Irgendwann war es mir einfach ein Bedürfnis. Ich habe mich längere Zeit überhaupt nicht mehr mit dem Thema Schreiben befasst. Erst die Arbeit mit Caroline Reznik an ihrem Buch „ALS – Sterben in Zeitlupe" hat mich motiviert, selbst wieder aktiv zu werden. Es war eine sehr wertvolle Erfahrung und ich bin ihr immer noch dankbar, dass sie mich gefragt hat, ob ich sie bei ihrem Plan, ein Buch zu veröffentlichen, unterstützen könnte.

Am Ende hoffe ich, wie jedes Mal, dass ihr viel Spaß beim Lesen hattet. Vielleicht konntet ihr ja sogar etwas für euch mitnehmen. Es gibt definitiv Dinge im Leben, die man sich erleichtern kann. Das ist gar nicht so schwer. Wie gesagt, was für mich funktioniert, muss nicht für andere funktionieren. Doch wenn man sich öffnet, wird man fündig werden.

Danksagung

Als erstes möchte ich mich bei **Dir** bedanken. Du hast es geschafft, das Buch bis zum Ende zu lesen. Vielen Dank. Damit hast du mir einiges deiner freien Zeit geschenkt. Ich hoffe, du konntest etwas für dich mitnehmen und bist nebenbei noch adäquat unterhalten worden. Vielleicht lesen wir uns ja mal wieder.

Den Ur-Samen des Müßiggangs und der Achtsamkeit hat meine Frau **Christina** schon vor Jahren versucht auszusäen. Ich war jedoch ein ziemlich schwierig zu bestellendes Feld und es hat sehr lange gedauert, bis die ersten Früchte erkennbar waren. Vielen Dank für die Beharrlichkeit.

Ein großes Dankeschön gebührt auch dem **Autor** des Artikels, dessen Überschrift es war, die mich so sehr zum Nachdenken brachte. Leider kann ich mich weder an den Namen erinnern, noch konnte ich diesen Artikel wiederfinden. Es war tatsächlich dieser Satz, der mich jahrelang nicht losließ. Wir müssen wieder lernen, den Müßiggang zu gehen.

Meine Tochter **Jana** hat mir das Faultier auf dem Cover gezeichnet. Vielen Dank für die vielen verschiedenen

Entwürfe, die Geduld bei Änderungswünschen und auch für den sonstigen Input zur Covergestaltung.

Ein Zehnjähriger kann ein großes Vorbild sein, was den Müßiggang angeht. In diesem Alter gelingt es bestens, Dinge von einem Moment auf den anderen auszublenden und sich mit aller Aufmerksamkeit einer Sache zu widmen. Daher danke ich auch meinem Sohn **Neo**, der mir das immer wieder vorlebt.

Da meine Laufpartnerin **Susanne Ehmann** einen ausgeprägten Sinn für die deutsche Rechtschreibung hat, bin ich sehr froh, dass sie sich bereit erklärt hat, in dieser Geschichte auf Fehlersuche zu gehen. Vielen Dank dafür und ebenso für die vielen kleinen Hinweise an so mancher Textstelle.

Und abschließend möchte ich noch den vielen Menschen in meinem Umfeld danken, mit denen ich gemeinsam Momente des Müßiggangs und der Achtsamkeit erleben darf. Es sind glücklicherweise zu viele, um alle hier einzeln aufzuzählen. Es sind die Menschen mit denen ich Musik mache, Fußball oder Tennis spiele, Laufen und Radfahren gehe, beim Grillen zusammensitze oder einfach nur ein Bierchen trinke. Freunde, die spontan vor der Türe stehen, sich auf gemeinsame Weinproben einlassen, oder auf sonst irgendeine Weise mein Leben bereichern. Die vielen Bekanntschaften, die das Dorfleben so besonders machen, weil man beim Laufen oder Fahren durch den Ort, aus dem Winken gar nicht mehr raus kommt. Kollegen, die aus einem Arbeitstag so viel mehr als nur Arbeit machen.

VIELEN DANK!

Weitere Bücher von Thorsten Peter

- Die Pubertät ist ein Arschloch
- Die Pubertät ist ein Arschloch hoch 2
- Laura Rockt! – Ein Abenteuer zwischen Musik und erster Liebe
- Laura Rockt! – Sommercamp und Bandcontest
- Warum immer ich?
- Jesus 2.0
- Vollschlank
- Die Lösung ist eine Männer-WG
- Vollpfosten
- Vollpfosten Undercover in St. Anton
- Helter Skelter on Wheels
- Die Popcornschlange